괴물, 용혜

안전가옥 쇼-트 32
김진영 경장편

이 소설에 등장하는 지명과 업체명 등은 모두 창작된 것이며,
실제 존재하는 인물·단체·사건과는 아무런 관련이 없습니다.

1장 착한 아이 · 6p
2장 사라진 사람 · 24p
3장 붉은 반점 · 74p
4장 괴물 냄새 · 154p
5장 카메라가 본 것 · 202p
6장 허기 · 272p

작가의 말 · 288p
프로듀서의 말 · 292p

1장 착한아이

부부는 착한 아이를 원했지만 희영이는 그런 아이가 아니었다. 그렇다고 해서 희영이가 갖고 싶은 걸 사 달라고 떼를 쓰거나 부부의 말에 반항하는 아이인 것도 아니었다. 아이는 그저 힘없이 축 늘어진 채 대부분의 시간을 맥없이 보냈다. 부부는 희영이가 정상적인 아이가 아니라는 걸 주변 사람들이 이해해 주지 않아 억울했다.

차량 뒷좌석 창문에 얼굴이 눌릴 정도로 붙어 앉아 하늘을 올려다보면 희영이는 하늘에서 내리는 첫 번째 눈송이를 목격했다. 그렇게 하늘을 뚫어져라 쳐다보면 눈이 어디서부터 내리기 시작하는지 볼 수 있을 것 같았다.

도심을 달리던 차량이 나무가 빽빽이 들어선 산길로 접어들자, 희영이는 이번엔 길가의 나무를 세기 시작했다. 이렇게 무언가에 집중하면 배고픔에 신경이 덜 쓰였다.

'97··· 98··· 99··· 100.'

나무를 100개 세고 나서, 희영이는 앞쪽 조수석에 앉은 엄마의 등을 조심히 흔들었다.

"나 배고파."

또래 아이들보다 키는 컸지만 삐쩍 마른 아이의 호소를, 엄마 은옥은 듣는 둥 마는 둥 했다. 아빠 현기는 룸 미러로 슬쩍 희영이를 쳐다볼 뿐이었다.

"참아."

은옥은 희영이의 칭얼거림이 듣기 싫은지 단호하게 말했다.

'얼마나 참아야 하지? 나무를 100개 더 세고 나면, 그때는 다시 배고프다고 엄마에게 말해도 되는 걸까.'

차는 희영이가 더 이상 수를 셀 수 없을 정도로 나무가 가득한 좁은 길로 진입했다. 현기는 해가 지고 있는 하늘을 보더니 액셀러레이터를 밟으며 속도를 냈다.

"춥고 배고파."

"그만해! 네가 배고픈 거 알고 있으니까 그만하라고!"

은옥이 짜증 섞인 분노를 표출했다. 이 분노를 기점으로 은옥은 걷잡을 수 없는 증오와 절망에 다시 빠져들었다. 현기는 그런 은옥의 감정을 3년 동안 지켜봐 왔다. 은옥은 감정적이었지만, 감정의 기복을 크게 내보이는 사람은 아니었다. 그러나 희영이를 입양한 이후로는 스스로도 감당하지 못하는 히스테리를 드러냈다.

스트레스를 어떻게든 표출하는 은옥과 달리, 현기는 두려움을 가슴 깊이 꼭꼭 묻어 두고 마음의 문을 닫았다. 그 상태가 지속되다 보니 현기는 이성적인 판단을 내릴 수 없는 상태가 돼 버렸다.

추운 날씨가 연일 이어지는 1월 초였다. 뉴스에서 연일 한파 경보를 내보낸 덕분인지 성포산 바로 아래 위치한 캠핑장 이용객은 희영이네 가족이 유일했다. 현기와 은옥은 넓은 캠핌장의 여러 구역 가운데 산과 가장 가깝고, 편의 시설과는 제일 거리가 먼 구역을 택했다. 관리인은 사람들이 일반적으로 선호하는 위치를 권했지만, 현기는 예약한 자리를 고집했다. 작은 부분 하나라도 계획에서 벗어나는 걸 원치 않았다.

현기가 시간을 확인했다. 저녁 8시가 지나고 있었다. 그 사람이 오기로 약속한 시간까지 두 시간이 더 남아 있었다. 부부는 오늘 유괴를 방조할 예정이었다. 저녁 10시가 되면 그 사람은, 자는 희영이를 데려가겠다고 했다. 부부가 캠핑장의 맨 끝 구역을 택한 이유도 CCTV의 화각에서 벗어나 있는 곳이기 때문이었다.

현기는 맞는 위치로 온 것인지 다시 확인하곤 곧바로 텐트를 설치하기 시작했다. 그사이 은옥은 보냉 가방에 담아 온 음식들을 꺼냈다. 대부분이 간편식이었다. 배고파하는 희영이에게 과자라도 하나 줄 법했지만, 은옥은 힘없이 축 처진 희영이를 거들떠보지 않았다. 현기와 은옥은 접이식 테이블을 펴고 물건을 세팅하는 작은 일에도 서툴렀다. 부부는 오늘의 계획을 실행하기 위해 처음으로 캠핑에 나선 초보 캠퍼였다.

"맛있는 냄새가 나. 이 냄새는 뭐야?"
"무슨 냄새가 난다고 그래? 저기 좀 가만히 앉아 있어."

희영이가 은옥의 옷을 잡아당기며 냄새가 난다는 말을 반복하자, 은옥은 귀찮은 듯 희영이를 살짝 밀쳐 냈다.

"쿵. 쿵. 쿵. 쿵. 쿵. 쿵."

아이는 심기가 불편할 때마다 반복적인 소리를

냈다. 은옥에게는 그만하라고 말할 에너지조차 없었다. 그저 무표정으로 반복적인 소리를 끊임없이 내는 희영이가 징그럽고 무서웠다. 은옥은 희영이가 평범한 또래들처럼 떼를 쓰고 우는 아이였다면 차라리 적응이 쉬웠을까 생각했다.

캠핑 준비를 마쳤을 때, 현기와 은옥은 이상한 고요를 감지했다. 희영이가 사라지고 없었다. 아까부터 평온함이 느껴진 데에는 이유가 있었다. 희영이를 입양하기 전, 둘만 있던 시절로 돌아간 듯한 착각마저 불러일으키는 고요였다. 하지만 현기와 은옥은 이제 그 시절의 평온함이 저절로 돌아오지 않는다는 것도, 영원하지 않은 고요는 불안을 키운다는 것도 알고 있었다.

"제 발로 사라져 줬어."

현기가 그렇게 말하고는 스마트워치로 현재 기온을 확인했다.

"영하 10도야. 이럴 때 몇 시간 밖에 있으면 저체온증 같은 게 오지 않나?"

은옥은 말수가 적은 남편이 내뱉는 말들이 꽤 무섭다는 생각을 처음으로 했다. 그렇다고 해서 남편과 멀어지면 은옥은 이 세상에서 철저히 혼자가 돼 버린다. 은옥이 자신의 고통을 나눌 수 있는 사람은

1장 착한 아이

남편뿐이었다. 어쩌면 현기의 고통은 자신과는 다른 식으로 차곡차곡 쌓이다 곪아 버렸을 것이라고 은옥은 생각했다. 아내는 남편을 그렇게 이해하려 했다. 60대의 관리인이 아이에게 줄 과자를 들고 찾아오는 친절을 베풀기 전까지는.

"추운데 장작부터 태우시지."

관리인은 한파가 심한 날에 어린아이와 캠핑을 하겠다는 부부가 신기한 듯 텐트와 캠핑용품들을 빠르게 훑었다. 텐트를 자갈 바닥에 고정하는 팩이 끝까지 박히지 않아 바닥 위로 솟아 있는 것이 관리인의 눈에 들어왔다.

"이렇게 추울 때는 짧은 팩을 박아야 하는데, 장 팩으로 해 놓으셨네. 바닥이 얼어서 끝까지 다 안 들어가지. 이거 이렇게 길게 튀어나와 있으면 애들 발에 걸리니까 위험하거든. 짧은 거 없어요? 필요하면 빌려드려요?"

"괜찮습니다. 주의하면 돼요."

"캠핑 초보시구나."

관리인이 텐트 앞에 놓인 화목 난로 쪽으로 시선을 옮기자, 현기는 괜히 조바심이 났다.

"아니, 근데 무슨 일이신데요?"

현기가 귀찮다는 듯 관리인의 간섭에 짜증을 내

자, 한 수 가르쳐 주려던 관리인도 언짢아졌다.

"아니. 애가 계속 배고프다고 그러는데…. 어째 보아하니 불 피우기까지 시간이 꽤나 걸릴 듯하고, 그래서 이거 애기한테 주려고. 서비스예요, 서비스."

관리인이 내민 봉지 과자들을 본 은옥이 인상을 찌푸렸다.

"쟤는 이런 거 안 먹어요."

관리인은 자신이 내민 과자가, 누추한 무언가로 취급받는 게 불쾌했다. 은옥은 관리인의 무안해하는 표정에 어쩔 수 없이 과자를 받아 들었다.

"아…. 어쨌든 간에 감사해요. 이런 걸 다 챙겨 주시고."

"근데, 애기가 안 보이네요."

"아…. 안에서 자고 있어요. 깨우고 싶진 않아서 조용히 있었어요."

은옥의 말에 관리인이 부부의 텐트를 한참 쳐다보더니, 손목시계로 시간을 확인했다.

"그러네요. 일찍 자는 애들은 잘 수도 있는 시간이네요. 근데 텐트가…"

관리인이 텐트 쪽으로 다가가자 현기가 급히 관

1장 착한 아이

리인을 막아섰다.

"저희가 알아서 할게요. 그러니까 간섭 좀 그만 하시겠어요?"

현기의 날 선 말에 관리인이 고약하게 인상을 일그러뜨렸다.

"아니, 이 추운 날… 저 텐트는 겨울용이 아닌 것 같은데… 애가 자는데 텐트를 저렇게…."
"저희가 알아서 한다고요!"

현기가 소리치자, 관리인은 헛기침을 하며 말없이 몸을 돌려 카트를 타고 돌아갔다. 관리인이 멀리 떠났다는 걸 확인한 현기가 은옥에게 성큼성큼 걸어왔다.

"희영이 찾으러 가야겠어."
"뭐? 지금? 어디로?"
"어디긴? 저기 산부터 가 봐야지."

현기가 신경질적으로 짐을 헤쳐 놓더니, 헤드 랜턴을 머리에 쓰고 운동화 끈을 단단히 맸다.

"어떻게 찾으려고? 오히려 잘된 걸 수도 있어. 그냥 자기가 스스로 사라져 줬잖아. 경찰들한테도 그렇게 얘기하면 되고."
"네가 방금 관리인한테 애가 자고 있다고 거짓말했잖아! 저 관리인은 애가 없는 걸 벌써 알아챘다고. 눈빛 못 봤어? 우리는 애를 버린 부모가 됐다고."
"여보, 아니야. 관리인이 어떻게 알아. 몰라. 모른다고."

텐트 안에는 조명이 환하게 켜져 있었다. 게다가 투명한 우레탄 창을 통해 안이 들여다보였다.

"네가 다 망쳤어. 애가 안 보인다고 하면 우리도 당황한 것처럼 애를 찾는 척했으면 됐잖아!"
"여보. 어쩌면 그 사람이 벌써 희영이 데리고 간 거 아닐까? 지금이라도 빨리 경찰에 신고하고 애 찾는 시늉을 하는 게 낫지 않아? 근데 난 그 사람도 못 믿겠어. 혹시라도 그 사람이 나쁜 맘을 먹고 우리가 애를 버린 거라고 말하면 어떡해. 그냥 희영이 찾아서 돌아가자. 그러고 나서 파양하자."
"이봐."

현기가 조용히 다가왔다.

"애를 입양하고 3년 만에 파양한 내가 어떻게 목사 일을 계속할 수 있겠어?"

현기에 말에 은옥은 괴로운 듯 두 눈을 꼭 감았다.

"아이를 잃은 아픔을 겪은 사람은 신자들이 이해해 줘도, 아이를 버린 사람은 이해를 못 한다고. 당신 신자들 설득할 수 있어?"

1장 착한 아이

은옥이 감고 있던 눈을 떴다.

"맞아. 애 유전자가 문제란 걸 아무도 믿지 않으니까. 그래, 믿을 수가 없지!"

현기는 헤드 랜턴을 쓰고 캠핑장 뒤편의 펜스를 넘었다. 낮은 펜스는 여덟 살 여자아이가 충분히 넘을 수 있는 높이였다. 은옥도 서둘러 랜턴을 챙겨 현기의 뒤를 따랐다.

캠핑장 뒤편의 산에는 등산로가 없었다. 얼어붙은 계곡 아래로 작게 들리는 물소리가 부부의 예민해진 신경을 자극했다.

표면에 쌓인 눈이 언 바위를 산책용 운동화로 잘못 디딘 은옥이 그대로 넘어졌다. 한 시간 넘게 아이를 찾아 헤매느라 지친 은옥이 일어서지 못하고 잠시 숨을 고르는 사이 매서운 한기가 옷 속을 파고들었다. 아이를 찾는 동안 흘린 땀이 식으면서 체온을 낮추고 있었다. 강한 추위에 핸드폰 배터리마저 빠르게 소모되었다.

"여보, 여보! 한 시간이나 지났어. 이제 됐어. 됐다고."

"됐다니, 뭐가?"

"우리 할 만큼 했다니까."

간신히 일어난 은옥이 지친 모습으로 현기에게 다가갔다.

"자는 줄 알았던 아이가 사라진 거야. 그래서 우리가 있는 힘을 다해서 아이를 찾아다닌 거고. 근데 아이를 못 찾은 거야."

"그래서?"

"이제 경찰에 신고하자."

"신고를 하자고?"

"희영이 사라진 지 거의 두 시간 됐어. 봐. 이렇게 잠깐만 가만히 있어도 바람이 살을 에는 것처럼 춥잖아. 아마 희영이 죽었을 거야."

"너 사람이 그렇게 쉽게 죽는 줄 아니? 만약 신고했는데 애가 어떻게든 살아 있는 게 경찰한테 발견되면?"

"그럼 덕분에 애를 찾았다고, 감사하다고 울고불고해야지."

"그다음에는? 걔랑 다시 살 자신 있어?"

"애를 다른 데 버릴 방법을 또 찾아야지. 어차피 관리인이 애를 봤으니까 우리가 애를 찾기 위해서 경찰에 신고를 했다는 기록이라도 남기긴 해야 하잖아."

"당신 마음대로 해. 애초에 당신 때문에 다 틀어졌으니까."

1장 착한 아이

현기는 은옥에게 못된 말로 짜증을 냈지만, 실은 이 상황을 해결하지 못하는 스스로에 대한 분노가 더 컸다. 일이 계획한 대로 정확히 진행되지 않을 거라는 예측은 했다. 그런데 아이가 스스로 사라지고, 관리인이 참견하면서 이렇게까지 복잡하게 꼬일 줄은 몰랐다.

될 대로 되라는 마음으로 은옥이 경찰에 희영이 실종 신고를 하는 사이, 현기는 산중 흡연이 금지되어 있다는 걸 알면서도 추위를 물리칠 겸 담배 한 대를 입에 물었다. 겨우 여덟 살짜리 아이가 자신의 인생을 이토록 곤란하게 만들 거라고는 상상도 못했다. 희영이를 입양한 3년 전부터 지금까지 현기에게 일어난 모든 나쁜 일들은 다 희영이 때문인 것 같았다. 원망의 화살을 희영이에게 돌리면서 혼란스럽고 불안했던 현기의 마음은 어느 정도 정리되었다. 한편으로는 아이에 대한 악의 역시 현기의 마음속에서 걷잡을 수 없이 자라나고 있었다.

"후–"

근심을 내뱉듯이 현기는 담배 연기를 길게 내뿜었다. 거추장스런 헤드 랜턴을 벗어 손에 쥐자, 정체 모를 무언가의 그림자가 보였다. 그 무언가는 현기의 뒤에 바짝 붙어 서 있었다. 현기는 머리가 쭈뼛 설 정도로 불쾌하고 소름 끼치는 기분에 휩싸였다. 네발로 땅을 지탱하는 걸로 보아 사람은 아니었다. 현기는 천천히 뒤돌아 자신의 뒤에 서 있는 것의 정체를 확인하려 했다. 그저 산에 사는 고라니 정도일 거라고 예상했지만, 그가 마주한 것은 이전에 본 적 없는 낯선 생명체였다. 아니, 헤드 랜턴을 비추자 환하게 드러난 그것의 모습은 어딘지 익숙한 것 같기도 했다. 현기의 벌어진 입에서 담배 연기가 새어 나오고 있었다.

"어… 어…."

이내 현기는 그것의 정체를 알아챘다. 그는 눈앞의 광경을 믿을 수 없었던 나머지 자신이 꿈을 꾸고 있다고 생각했다.

아이가 산에서 실종된 것 같다는 신고 전화에 산악 구조대 네 명과 소방대원 다섯 명, 관할 지구대 경찰 세 명이 섬포산에 도착했다. 이들은 신고자가 전화를 받지 않자 당황했다.

"엄마가 신고했고, 애가 산에서 사라졌다고요?"

산악 구조대원이 지구대 경찰에게 물었다.

"근데 신고한 사람이랑 연락이 안 되고?"
"저기 캠핑장 관리인 말 들어 보니, 3인 가족이 캠핑을 와서는 텐트만 두고 없어졌다고 하네요.

1장 착한 아이

거짓 신고는 아닌 거 같아요."

경찰들은 신고자가 아이를 찾느라 산속으로 들어가 연락이 끊겼다고 판단하고, 여덟 살 아이가 움직일 수 있는 범위를 고려해 캠핑장 근방을 수색하기로 했다.

여기저기 불빛을 비추며 확성기를 통해 희영이를 찾는 경찰의 목소리가 캠핑장까지 시끄럽게 들렸다. 캠핑장 관리인은 현기와 은옥이 급히 설치한 텐트 주변을 맴돌았다. 텐트 옆 플라스틱 박스 뚜껑을 열어 보니 온갖 레토르트 식품만 잔뜩 들어 있었다. 캠핑을 오는 사람이 으레 챙기는 생고기 한 점이 없었다. 게다가 포장을 뜯지도 않은 캠핑용품들이 아무렇게나 바닥에 놓여 있었다.

"하… 참…."

모든 게 이상하다는 듯 깊은 한숨을 쉰 관리인은 고개를 들어 성포산을 바라봤다. 평상시라면 칠흑 같은 어둠에 싸인 채로 고요했을 텐데, 아이를 찾느라 벌어진 소란에 고라니 우는 소리가 연달아 들렸다. 그리고 이내 산짐승의 울음소리보다 더 큰 외침이 들렸다.

"찾았다!! 살아 있다!!"

관리인은 그제야 에구에구 앓는 소리를 내며 핫

팩과 보온병을 들고 산으로 향했다. 별의별 일이 다 벌어진다는 생각과 함께 그래도 찾아서 다행이라는 생각을 했다. 관리인은 캠핑에 대해 아무것도 모르는 부부에게, 비록 듣기 싫어할지라도 잔소리와 충고를 해야겠다고 마음먹었다.

구조대원과 경찰들이 들고 있는 랜턴의 불빛이, 작은 아이를 안고 있는 소방대원 쪽으로 모이기 시작했다. 희영이를 안고 있는 소방대원의 눈동자는 공포감에 물든 채로 흔들렸다. 희영이의 얼굴과 옷은 온통 검붉은 피로 젖어 있었다. 아이의 모습을 놀란 눈으로 쳐다보던 사람들 너머로 갑자기 비명 소리가 들렸다.

"으악!!"

산악 구조대원 중 한 명이었다. 그는 희영이가 발견된 곳으로부터 조금 떨어진 위치에서 피를 잔뜩 흘리고 있는 현기를 발견했다. 구조대원이 랜턴으로 비춰 보니, 현기의 오른쪽 볼과 목이 뜯겨 있었다.

"여기… 여기도… 있어. 사람이!!"

현기의 뒤쪽에서는 역시 피를 잔뜩 흘린 채로 쓰러져 있는 은옥이 발견되었다.

희영이를 안고 있던 소방대원이 급히 아이의 상

1장 착한 아이

태를 살폈다. 아이는 큰 눈을 또렷하게 뜨고 있었다. 그 눈이 내뿜는 안광이 유독 밝아 사람의 눈 같지가 않았다. 아이는 추위에 떨고 있지도, 공포에 젖어 있지도 않았다. 오히려 미소를 띠며 만족스러운 표정을 지어 보였다.

2장 사라진 사람

1

- 와, 미쳤다. 여러분. 진짜 이거 꼭 드셔 보세요. 완전 단짠단짠으로. 여기 치즈 보이시죠. 치즈가 매운맛을 싹 잡아 주고, 이 납작 당면이 감자로 만든 거라서 그런지 더 고소해. 와, 미쳤다리 진짜. 이걸 안 먹는다고? -

어두운 방 안에서 알람 소리가 울리자, 용혜는 손을 더듬더듬 움직여 핸드폰의 알람과 유튜브 영상을 동시에 멈췄다. 유튜브 자동 재생 설정을 켜 놓은 탓에, 어젯밤에 보다가 잠든 영상과 비슷한 동영상이 밤새 재생된 모양이었다.

모든 사운드를 끄고 난 뒤 잠시 적막이 흐르자 용

혜가 가장 먼저 느낀 감정은 불안이었다. 용혜는 모든 사람들이 이런 기분으로 하루를 시작하는지 궁금했다.

'유건재'.

용혜는 자신이 느끼는 불안의 이유를 가만히 생각해 보았다. 가장 먼저 떠오른 이름은 바로 유건재였다. 그는 실종수사팀 소속인 용혜가 맡고 있는 실종자다. 담당 수사관이라는 점을 떠나서도, 용혜는 유건재의 실종이 유독 마음에 걸렸다.

유건재는 65세의 남성이었다. 이제 막 17살이 된 늦둥이 딸과 그의 부인은 유건재와 연락이 끊긴 지 일주일이 다 되도록 실종 신고를 하지 않았다. 이후 유건재와 연락이 닿지 않는 것을 이상하게 여긴 친동생이 실종 신고를 했지만, 그가 사라진 뒤로 여러 날이 지나 버린 탓에 수사팀은 초기 수사에 어려움을 겪고 있었다.

유건재가 실종된 날은 크리스마스였다. 작년 12월 25일 오전 8시 20분경 집 근처 편의점에서 담배를 한 갑 구매한 뒤 쓰레기통 옆에서 담배를 한 대 피운 게 마지막으로 확인된 행적이었다. 그 후로는 신용 카드를 사용한 내역도 없고 핸드폰 전원도 꺼져 있어 위치 추적이 불가능했다.

수사팀원들 대부분은 자살을 의심하고 있었다. 유건재는 불법 대부업체에 상환해야 할 2억 원, 친동생에게 개인적으로 빌린 돈과 은행 대출금까지 합쳐 총 4억 원에 달하는 빚을 지고 있었다. 돈 문제로 극도의 불안과 스트레스에 시달리던 유건재는 자신이 죽어야 채무가 사라진다는 말을 여럿에게 반복적으로 말하곤 했다. 게다가 실종 하루 전에는 현금 인출기에서 50만 원을 인출한 기록도 있었다.

용혜는 부인과 딸의 태도가 마음에 걸렸다. 유건재가 자살했을 가능성이 있음에도 불구하고 그를 별로 걱정하지 않았고, 유건재를 찾기 위한 행동을 아무것도 하지 않았다.

유건재의 부인이 그런 태도를 보일 때면 용혜는 13년 전 자신의 아빠 주태용이 실종됐을 당시가 떠올랐다. 하지만 용혜가 아침에 눈을 뜨자마자 유건재의 이름을 떠올리고 이상한 불안감에 휩싸인 이유는 따로 있었다.

유건재는 실종 3일 전인 12월 22일에 문주경찰서로 용혜를 찾아왔다. 야구 모자를 쓰고 야구 점퍼를 걸친 유건재는 삐쩍 마른 왜소한 체격이었다. 그 때문에 나이가 들어 보여, 용혜는 유건재가 70대일 거라고 추측했었다. 수사 의뢰라도 하는 줄 알고 접

2장 사라진 사람

견실에서 마주하니 유건재는 용혜 얼굴을 한참 바라보고는 갑자기 머리를 조아렸다.

"정말 미안하게 됐습니다. 사죄합니다. 반성하고 있습니다."

무슨 일인지 묻는 용혜 앞에서 유건재는 "정말 미안합니다. 반성하고 있습니다."란 말만 반복할 뿐이었다.

용혜가 유건재를 진정시킬 겸 따뜻한 믹스커피를 건네자, 유건재는 커피를 내미는 용혜의 손을 뚫어지게 쳐다보더니 이어 용혜의 얼굴과 목을 자세히 살폈다. 용혜는 자신의 몸을 샅샅이 훑는 남자의 시선에 불쾌감을 느꼈다.

"없어."
"네? 무슨?"

유건재가 알아듣기 어려운 말을 하자, 용혜는 그 의미를 물었다.

"없어."
"뭐가요?"
"이상하네. 왜 없지?"

당시 유건재는 술을 마신 것 같지도 않았고 정신 질환이 있는 것처럼 보이지도 않았다. 60대 남성이 젊은 여성 경찰에게 사죄한 뒤 위협적으로 몸을 훑어보던 모습이 꽤 기이해, 같은 팀의 승규도 이 일을 또렷이 기억하고 있었다.

용혜의 아빠, 태용의 장기 실종 상태를 알고 있는 팀원들은 혹시 유건재가 그 실종과 관련된 사람이 아니냐며 의심하기도 했다. 용혜도 혹시나 싶어 유건재의 범죄 경력을 조회했으나, 그는 경범죄조차 저지른 적 없는 평범한 사람이었다.

그러고 나서 며칠이 지난 뒤인 1월 1일, 유건재의 실종 신고가 접수되었다.

'내가 자신의 실종 사건을 담당하게 될 거란 걸 예견하고 그 수고에 대해 미리 사과하러 온 걸까?'

용혜는 자신의 몸을 뚫어져라 쳐다보던 유건재의 표정을 머릿속에서 지울 수가 없었다. 단순히 젊은 여자의 몸을 탐하는 음흉한 시선이 아니었다.

그날 유건재가 돌아간 뒤, 용혜는 화장실에 가서 입고 있던 셔츠를 들어 올려 자신의 몸을 살폈다. 용혜의 배와 등에는 제각각 크기가 다른 붉은 반점이 가득했다.

'혹시 이 붉은 점을 찾은 걸까?'

이 생각이 들자, 불안과 흥분이 용혜를 엄습했다.

2장 사라진 사람

학원 밖으로 우르르 빠져나오는 학생들 사이에서 용혜는 유건재의 딸, 지현이를 찾았다. 커다란 빨간색 책가방을 메고 목도리와 장갑으로 무장한 지현이가 용혜를 먼저 알아보고 다가왔다.

"형사님, 안녕하세요."

"안녕."

"또, 무슨 일이세요?"

유건재의 가족들을 대상으로 이미 한 차례 조사를 했고 별다른 특이점은 발견하지 못했지만, 용혜는 그들이 무언가를 숨기고 있다는 생각을 떨칠 수 없었다. 가족들은 유건재를 찾는 것 같으면서도 한편으론 찾지 않길 바라는 듯했다. 유건재의 아내 이원실은 마치 아무 말도 하지 않기로 결심한 사람처럼 입을 굳게 닫았기에, 용혜는 그나마 딸 지현이가 무언가 이야기해 주지 않을까 기대하고 있었다.

"뭐 먹을래? 떡볶이? 햄버거?"

"됐어요. 그냥 커피나 한잔 사 주세요."

지현이는 학원 근처의 지리는 자신이 더 잘 안다는 듯이 앞장섰다.

커피숍에 들어가 라테를 시킨 지현이는 한 모금 마시고는 인상을 쓰며 컵을 내려놓았다.

"으…. 이거 맛있다고 그랬는데."

"먹지도 못하면서 중학생이 왜 커피를 시키니?"
"네? 친구들도 다 커피 먹어요. 그리고 저 이제 고등학생이에요."

이제 고등학생이 되는 지현에게는 또래 여자아이들이 흔히 보여 주는 명랑함이 없었다. 용혜는 이 열일곱 살 아이의 우울함이 가정 환경의 영향을 받았을 것이라 추측했다.

유건재는 무능한 가장이었다. 화학 공장의 관리직으로 일하다가 10여 년 전 퇴직한 후 부인과 함께 곤드레비빔밥 식당을 열었지만, 코로나 사태로 운영이 힘들어지면서 마이너스 통장과 소상공인 대출 등을 끌어 썼다. 그러다 결국 불법 대출에까지 손댔다고 했다. 부인은 가게를 접고 나서 평일에는 식당 주방 일을 하고 주말에는 부업에 매달려 가며 애를 썼다. 반면 유건재는 어느 순간부터 모든 걸 포기한 사람처럼 낮 동안에는 잠만 자다가 부인과 딸이 귀가하면 심하게 다투기를 매일같이 했다.

지현이는 크림 위에 잘게 부서진 땅콩이 토핑으로 올라간 라테를 더 이상 마시지 않고, 상아색 니트 장갑을 낀 손에 쥔 스푼으로 휘젓기만 하고 있었다.

"지현아, 이 말을 해야 할지 말지 고민했는데… 사실 너희 아빠, 실종되기 3일 전에 나를 찾아오

2장 사라진 사람

셨어."

용혜는 유건재를 직접 만났던 날의 이야기를 꺼냈다.

"아빠가요? 왜요?"

"계속 사과를 하셨어. 난 예전에 너희 아빠를 뵌 적이 없는데 계속 미안하다고 말씀하시는 게 이상했거든. 혹시 짐작 가는 일이 있니?"

"형사님한테 미안하다고 했다고요?"

지현이는 무언가를 떠올린 듯했지만 입을 굳게 다물었다. 잠시 침묵이 흐른 뒤, 지현이는 두 음절의 단어를 입 밖으로 꺼냈다.

"저주."

"어?"

"저주를 받아서 용서가 필요하다고 했어요."

"저주? 누가?"

"제가 저주받았대요."

그렇게 말하고 나서 지현이는 킥킥거렸다.

"웃기죠?"

용혜는 재촉하지 않고 지현이가 더 많은 말을 해 줄 때까지 기다렸다.

"그리고 아빠 말이, 자기가 사람을 죽였다고 했

어요."

"사람을 죽였다고? 언제?"

"근데… 그건 그냥 술주정이에요. 아빠한테는 다른 사람을 죽일 용기도 없고, 자기 자신을 죽일 용기도 없을걸요?"

지현이는 더 이상 대화를 이어 가고 싶지 않은지, 갑자기 자리에서 일어나더니 다 먹지도 않은 커피를 음료 폐기함에 버렸다.

"저… 이제 갈래요."

"그래. 가자."

용혜는 왜 벌써 일어나냐고 묻지 않았다. 그 대신 조금 더 지현이와 시간을 보내기 위해 지현이를 집에 데려다주기로 했다.

지현이의 집은 관할 지구대에서 골머리를 앓는 주택가에 있었다. 유흥가와 인접해 있어 단기 거주자가 많고 다양한 사람들이 드나드는 동네라, 시비와 신고가 끊이질 않았다. 그 동네 골목을 지현이가 큰 가방을 메고 구부정하게 걷는 모습에 용혜는 괜스레 마음이 쓰였다.

"체구도 작은데 괜히 더 작아 보이게 움츠리고 다니지 마. 이렇게 땅만 보고 걸으면 시야가 좁아

2장 사라진 사람

지니까 앞을 보고 걸으면서 주변도 살펴."

용혜가 지현이의 어깨를 펴 주자, 지현이는 불편한 듯 다시 어깨를 구부렸다. 그러더니 걸음을 멈추고 깊게 숨을 들이마셨다.

"왜? 어디 불편해?"
"냄새 안 나요?"
"아니, 무슨 냄새?"
"몰라요. 갑자기 마음이 막 간질간질해요."

숨을 고르려는 듯 심호흡을 하는 지현이를 바라보며 용혜는 잠시 말을 멈췄다.

"여기까지만 데려다주세요. 저 혼자 갈게요."
"그럴래?"

말은 그렇게 했지만 용혜는 지현이가 집에 들어가는 걸 끝까지 지켜볼 작정이었다. 그때, 지현이의 빨간 가방에 달린 키 링이 눈에 들어왔다. 용혜는 토끼 모자를 쓴 저 캐릭터의 이름이 '마이멜로디'라는 것을 떠올렸다.

이내 돌아서서 왔던 길로 향하려는 순간, 강렬한 냄새가 코를 스쳤다. 용혜는 숨을 깊이 들이쉬었다.

'이 냄새!'

용혜는 저도 모르게 침을 삼켰다. 지현이가 표현

한 대로 마음이 간질거리고 흥분이 일었다. 냄새의 근원지를 찾아 주택가를 돌아다니던 용혜는 지현이의 집에서 도보로 1분도 채 걸리지 않는 거리에 있는 5층짜리 빌라 건물 앞에 도착했다. 용혜는 마치 냄새에 지배당한 사람처럼, 이끌리듯 지하층으로 내려갔다.

"저기요. 계세요?"

철문을 두드리며 귀를 기울였지만, 내부에서는 어떤 인기척도 느껴지지 않았다. 용혜는 급히 건물 밖으로 나와 근처 부동산으로 향했다. 이 건물에는 관리인이 없어서 부동산 사장이 마스터키를 보관하고 있었다.

"아니, 제가 함부로 열었다가 문제가 생기면 곤란해서요."
"저는 경찰입니다. 제가 책임질 테니까 염려 안 하셔도 돼요."

용혜가 경찰 공무원증까지 내보였지만, 부동산 사장은 여전히 열기를 꺼려 했다. 용혜는 다급한 목소리로 재촉했다.

"빨리 문 열어 주세요!"

결국 사장이 마스터키로 지하층 집의 문을 열었다. 오랫동안 보일러를 켜지 않았는지 냉기가 가득

2장 사라진 사람

했다. 거실에 생활 쓰레기와 빈 박스들이 쌓여 있어 마치 버려진 집처럼 보였다. 용혜는 오로지 냄새를 쫓았다. 묘하게 흥분되는 마음을 가라앉히고 차분히 거실을 지나 방으로 들어가 보니, 그 안에는 이불을 덮은 채로 고요히 눈을 감은 남성이 있었다. 사후 경직이 진행 중이었지만 아직 부패하지는 않은 시신이었다. 용혜는 가만히 시신에서 나는 냄새를 들이마셨다. 오랜만에 맡는 시체 냄새였다.

곧 지구대 경찰과 과학 수사대, 관할서의 형사들이 현장에 도착했다.

"아니, 어떻게 시신이 여기 있다는 걸 알았어?"

형사 중 한 명이 최초 발견자가 용혜라는 걸 신기해하며 다가왔다.

"참고인이랑 같이 귀가하다가 발견했어요. 여기서 냄새가 나서요."

"냄새? 시신에서 나는 걸 말하는 거야?"

형사가 코를 킁킁대며 용혜를 살폈다.

"아직 사망한 지 하루도 안 된 상태 같은데… 이 추운 날씨에 냄새를 맡고 찾아왔다고?"

형사는 못 믿겠다는 눈으로 용혜를 쳐다봤다.

"선배는 아직도 사건 냄새를 못 맡아요? 하루이틀 하는 일도 아닌데."

괜히 능청스럽게 시신 발견 경위를 설명하던 용혜는 겁에 질린 얼굴로 폴리스 라인 너머에 서 있는 지현이를 발견했다.

"지현아. 이건 네 아빠 일과는 상관없어. 집에 들어가."

지현이는 용혜의 말을 듣고도 그 자리에 가만히 서 있었다. 아빠가 실종된 후 '자살'이나 '죽음' 같은 단어들을 자주 들었던 아이다. 실제로 죽음을 마주하게 된 것이 지현의 불안을 자극했을 거라고 용혜는 생각했다.

"형사님…. 아빠는요… 저를 증오해요."
"어?"
"저 사실은… 아빠가 죽기를 바랐어요. 아빠가 없는 게 너 나을 거라 생각했는데… 죽은 사람이 아빠일지도 모른다고 생각하니까 너무 무서웠어요."

용혜는 조용히 흐느끼는 지현이의 어깨를 토닥였다. 누군가를 사랑하고 미워하고 증오하는 마음이 한꺼번에 존재할 수 있다는 걸 지현이는 아직 이해하지 못했다.

2장 사라진 사람

지현이를 다독여 집으로 돌려보낸 후, 용혜는 아까 지현이가 잠시 멈춰 섰던 장소가 시신이 발견된 빌라 앞이었다는 걸 문득 깨달았다. 그리고 그때 지현이가 불편해하며 '냄새가 난다'고 말했던 것이 떠올랐다. 어떻게 지현이가 그 냄새를 자신보다 먼저 맡았을까 생각하던 용혜는, 지현이의 감각이 극도로 예민해졌거나 그저 우연히 그런 일이 일어났을 거라 여겼다.

시신 냄새를 맡은 뒤로 용혜는 그동안 억눌러 왔던 허기와 욕망이 다시 밀려오는 걸 느꼈다. '먹고 싶다'는 충동에 괴로워하던 용혜는, 시신에 식욕을 느끼는 자신의 모습을 혐오감 속에 또다시 마주해야 했다.

치매 때문에 거리에서 배회하던 노인을 가족에게 인계한 용혜는 저녁 9시가 넘어서야 사무실에 앉아 사건 보고서를 정리하기 시작했다. 이윽고 밤 10시가 지났지만, 용혜는 뭉그적거리며 시간을 흘려보내고 있었다.

문주경찰서의 실종수사팀은 용혜를 포함한 다섯 명으로 구성되어 있다. 본래 여성청소년과 소속이었던 실종수사팀이 형사과로 이관되면서 인원이 줄어들었는데, 용혜는 부서를 옮기면서까지 실종수사팀에 남았다. 최근 과중한 업무로 불만이 많은 팀원들을 위해 실종수사팀장 창수가 오늘 회식을 제안했다. 보고서 정리를 위해 남아 있는 용혜를 제외한 나머지 팀원들은 이미 고깃집에 가 있었다.

컴퓨터 화면에 유튜브 창을 띄운 용혜는 유명 유튜버의 새 먹방 영상이 눈에 띄어 재생 버튼을 클릭했다. 돼지 막창과 소고기 구이를 앞에 둔 유튜버는 커다란 숟가락으로 막창을 떠서 먹고 있었다. 그 표정을 집중해서 보고 있는데, 용혜의 핸드폰이 울렸다. 팀장의 전화였다. 회식 자리로 빨리 오라는 재촉인 모양이었다. 발신자를 확인한 용혜는 유튜브 화면을 닫고 핸드폰을 챙겨 일어섰다.

"살치살이란 게 소의 목, 갈비, 그리고 등심 요기 이렇게 삼각형 부위에 있는 고기란 말이지. 그러니까 사실 등심이나 갈빗살에도 살짝 붙어 있는 거지. 마블링 좀 봐 봐. 눈이 소복하게 내린 것 같지 않냐? 이것 때문에 이렇게 입에서 살살 녹는 거야."

용혜 맞은편에 앉아 살치살을 굽던 이봉준 경위는 고기의 식감에 대해 연신 감탄하며 설명을 덧붙였다. 삼겹살이 아닌 비싼 소고기가 회식 메뉴로 선택되는 건 드문 일이라 팀원들은 유난히 맛을 평가

하며 떠들었다.

주로 대화를 이끄는 이봉준 경위의 옆에는 석중이 카메라 가방을 두고 구부정하게 앉아 있었다. 석중은 제이앤씨라는 다큐멘터리 프로덕션의 연출 감독이었다. 경찰 홍보팀이 실종수사팀의 실적을 치하하는 영상 제작을 진행 중이었기에, 그 일환으로 제이앤씨의 촬영팀이 종종 사무실에 들러 인터뷰를 촬영하곤 했다. 석중은 허가된 촬영일이 아닐 때도 실종수사팀과의 라포를 쌓기 위해 찾아왔고 종종 회식 자리에 함께했다. 석중은 내내 허허실실 웃으며 이야기를 듣는 쪽이었지만 실제로 사람들과 어울리는 걸 좋아하는 성격은 아닌 듯했다. 타인을 관찰하는 데 익숙한 용혜에게, 석중이 내비치는 웃음과 호의는 모두 거짓처럼 보였다.

"용혜야. 좀 꽉꽉 좀 먹어라. 너 몇 kg이야? 운동 안 하냐?"

이제 50세가 된 창수 팀장이 용혜의 팔을 툭툭 치며 에두른 말로 걱정했다.

"너 50kg 넘냐?"
"아니, 제 키가 170인데 50kg은 당연히 넘죠."
"쏩- 내가 봤을 때 절대 아닌데, 45kg 겨우 넘을까 말까 싶은데."

"팀장님, 아무리 제가 만만해도 그렇지…. 술자리에서 여자 후배 몸무게가 어쩌고저쩌고하는 거 다 성희롱인 거 몰라요?"

용혜가 강하게 대거리하자 창수 팀장은 크게 웃었다. 용혜도 그 분위기를 가볍게 받아들이고 고기를 한 점 집어 질겅질겅 씹어 먹었다.

"와. 오늘은 진짜 고기가 달다, 달아."

말은 이렇게 했지만, 익힌 고기를 씹는 것이 용혜에겐 고무를 씹는 것처럼 느껴졌다. 삼키는 일은 더 곤욕스러웠다.

식사를 한 뒤 용혜는 화장실로 가서 먹은 것을 모두 어김없이 토해 냈다. 먹고 토하는 일이 일상인 용혜는 소리를 내지 않으려 최대한 노력하며 구토를 했다. 회식할 때 가는 고깃집은 화장실이 남녀 공용이고 위생 상태가 나쁜 경우가 많아 용혜는 회식 자리를 꺼렸다. 그저 먹기 위해 모이는 자리를 왜 만드는지 도무지 이해할 수 없었다.

화장실에서 나온 용혜는 걱정스러운 표정으로 서 있는 석중과 마주쳤다.

"주 경사님. 괜찮으세요?"

석중은 검은 뿔테 안경이 자꾸 흘러내려 연신 안경을 올렸다. 나이는 용혜보다 여섯 살 많았지만 어

2장 사라진 사람

딘가 사회성이 부족해 보였기에, 용혜는 그가 동생 같다고 느꼈다.

"아. 오늘 좀 속이 안 좋아서요."

용혜는 석중에게 가볍게 인사한 뒤, 한 블록 떨어진 흡연 구역으로 이동해 음식 냄새를 지우기 위해 담배를 피우기 시작했다. 두리번거리던 석중은 주섬주섬 담배를 꺼내며 용혜 곁으로 다가왔다.

"주 경사님! 아까 낮에 시신 발견하셨다면서요. 그래서 식사 못 하시는 거죠?"

이런 질문을 받을 때마다 난처했지만, 용혜는 매번 적당한 답변을 내놓았다.

"네. 경찰 되고 처음 겪는 일도 아닌데 아직 적응이 안 되네요."

용혜는 자신이 남들과 다르다는 걸 잘 알고 있었다. 기쁨과 슬픔 같은 감정은 다른 사람과 나눌 수 있었지만, 자신이 느끼는 식욕은 철저히 비밀로 감추어야만 했다. 대부분의 사람들은 그런 욕망을 이해하지 못할 뿐만 아니라 혐오할 게 분명했다. 시신에 식욕을 느낀다는 사실이 알려지면 야만적인 괴물 취급을 받을 수밖에 없다. 용혜는 남다른 면모를 숨기기 위해 보통 사람들의 표정과 태도를 살피며 살았기에, 겉으로는 가장 평범한 시민처럼 보였다.

"주 경사님은 이상한 사람이죠?"
"네?"

석중의 말에 용혜가 놀라 되물었다.

"전 담배 피운 지 얼마 안 됐거든요. 예전에는 우르르 담배 피우러 나가는 사람들이랑 어울리기 싫어서 안 피웠어요. 근데 요즘은 건강 신경 쓰는 게 유행이라 담배를 다들 끊더라고요. 그래서 이제 사람들 틈에서 잠깐 빠져나올 구실을 만들려고 피우기 시작했어요."
"전 그냥 아무 생각 없이…."

석중은 뭔가를 혼자 생각하다 미소 지었다. 그 모습이 마치 인간관계에 달관한 사람을 연기하는 것처럼 여겨져 용혜는 불쾌했다.

"주 경사님도 다른 경찰분들이랑 좀 못 어울리시는 거 같아서요. 왠지 주 경사님한테 이상하게 동질감이 생겨요."
"아. 그렇지 않아요. 전 그냥 평범한 사람이에요."
"아니요. 경사님 전혀 평범하지 않아요. 전요. 이 세상에서 어떤 사람이 제일 불쌍하다고 생각하냐면… 아무 개성도 없는 평범한 사람들이 젤 불쌍해요. 저런 사람들…."

석중의 시선 끝에는 퇴근 후 삼삼오오 모여서 한

2장 사라진 사람

잔하는 직장인들이 있었다. 용혜는 석중과의 대화가 불편했다. 석중은 지금껏 끊임없이 용혜의 '특별함'을 언급하며 관심을 표했고, 때로는 홍보 영상을 핑계로 카메라를 들이밀며 개인적인 사정을 캐묻기도 했다. 홍보팀에서 추천하고 팀장이 허락한 촬영을 거부할 순 없었지만, 이렇게 개인적으로 석중과 마주하는 상황은 피하고 싶었다. 석중은 용혜와의 거리를 좁히려고 계속 노력했다. 그럴수록 용혜는 석중에게 관찰당하는 느낌이 들어 더욱 꺼림칙해졌다.

용혜가 다시 고깃집으로 돌아가 보니, 회식은 이미 마무리되는 분위기였다. 동료들은 불판이 치워진 테이블에 둘러앉아 벽에 설치된 텔레비전에서 나오는 뉴스에 집중하고 있었다.

"야. 연초에 이게 뭔 일이냐…. 저런 사건 터지면 저 부서는 올해 죽어나는 거지."

동료들의 탄식에 용혜도 자연스럽게 텔레비전으로 시선을 돌렸다.

- *지난 이틀 전, 성포산 근처 캠핑장을 찾은 한 가족에게 뜻밖의 비극이 발생했습니다. 40대 남성 A씨가 자녀에 대한 실종 신고를 한 후 아이를*

찾던 중에 변을 당한 것으로 알려졌습니다. A씨의 시신은 신고를 받고 출동한 소방대원들에 의해 발견됐는데, 검안 결과 몸에 심각한 외상이 있는 것으로 확인됐습니다. A씨의 아내 또한 부상을 입고 병원에서 치료를 받고 있으며, 실종되었던 아이는 무사히 구조되었습니다. A씨의 정확한 사인은 아직 조사 중이지만, 경찰은 이번 사건이 성포산에 방사된 곰에 의해 일어났을 가능성도 염두에 두고 있습니다. 현재 성포산 입산은 통제된 상황입니다. 등산객 여러분의 특별한 주의를 당부드립니다. -

용혜는 남편이 죽고 아내와 아이가 살아남았다는 대목에서 멈칫했다.

"곰이… 겨울잠 자던 곰이 갑자기 허기를 느낀 거야 뭐야. 이래서 저런 야생 짐승이랑 사람은 같이 살기가 힘들어. 서로 죽이게 된단 말이야."

정치 뉴스로 내용이 전환되자 동료들은 자리를 정리하고 일어났지만, 용혜는 여전히 텔레비전을 응시하고 있었다.

'짐승의 습격'. '살아남은 아이'.

용혜의 뇌리에서 그 말들이 떠나지 않았다.

2장 사라진 사람

2

성포산은 해발 1050m의 산으로 험한 지형이 많은 강원도에서도 산세가 사납고 가파르기로 유명하다. 북쪽으로는 용구산, 남쪽으로는 성지산이 연결되어 있고 그 사이로 크고 작은 자연 호수가 곳곳에 펼쳐져 있어 등산객들에게 사랑받는 곳이다.

빨간색, 노란색, 파란색 등의 화려한 점퍼를 입은 등산객 무리가 성포산 초입의 안내 게시판 앞에 모여 웅성거렸다. 게시판에는 불미스러운 사건으로 한 달간 등산로를 통제한다는 안내문이 붙어 있었다.

아쉬운 듯 돌아가는 등산객 무리 뒤로 등산과는 어울리지 않는 갈색 무스탕에 통이 넓은 모직 바지를 입은 재현이 서 있었다. 지팡이에 의지한 채 절뚝거리며 걷는 재현은 백발 탓에 노년의 남성처럼 보이기도 했지만, 언뜻 보이는 근육과 행동거지를 보면 중년 같기도 했다. 안내 게시판을 흘낏 본 재현은 곧 산 입구로 발걸음을 옮겼다.

겨울철이라 바위에 살얼음이 껴 있어 휘청거리다 몇 번 중심을 잃었지만, 재현은 걸음을 멈추지 않았다. 그리고 이내 폴리스 라인이 보이는 곳에 도착했다. 밤새 내린 눈 때문에 바닥에 떨어진 폴리스

라인은 마치 버려진 쓰레기처럼 나뒹굴고 있었다. 재현은 사건 현장 근처에 서서 잠시 숨을 고르고는 산을 찬찬히 둘러보기 시작했다.

성포산은 등산객 사이에서 유명한 산이었다. 그러나 입구에 위치한 캠핑장 부근을 제외하면 주변이 대체로 황량했다. 운전을 해서 5km 밖으로 나간 뒤에야 노포 하나가 보였다. 1975년부터 영업을 시작했다는 칼국숫집은 한겨울인지라 등산객 발길이 끊겨 한가한 오후 장사를 하고 있었다. 재현은 별다른 재료 없이 애호박만 고명으로 올라간 칼국수가 꽤 맘에 들었다. 코를 박고 한 그릇을 다 먹고 난 다음 주변을 둘러봤다. 점심때를 넘긴 오후 2시라고는 하지만 이 유명한 노포에 손님은 재현뿐이었다. 재현이 서빙하는 직원을 불러 세웠다.

"최근 사건 때문에 손님이 많이 줄었나 봐요."
"아니 뭐. 그런 것도 있고, 원래 한겨울엔 손님이 적죠."

미소를 지으며 친근하게 말을 붙인 재현을 60대로 보이는 직원이 퉁명스럽게 응대했다.

"얼마 전에 일어난 사건 말예요…. 남자만 죽고 와이프랑 애는 산 거죠?"

2장 사라진 사람

"살긴 했는데 부인은 다리를 다쳐 가지고. 제정신도 아닌 거 같고. 애는 무슨 일이 있었는지 기억을 하나도 못 한다고 하니…."
"아이고, 저런…."

직원이 술술 소문에 대해 이야기를 해 주자, 재현은 안타까운 표정을 지으며 진짜 궁금한 사항을 꺼내 놓기 시작했다.

"뉴스를 보니까 얘기가 잘못 나간 거 같던데…. 곰이 그랬다고."

직원이 코웃음을 치며 맞장구쳤다.

"그니까. 무슨 이런 한겨울에 곰이 사람을 죽였다고."
"그러게요. 여태껏 성포산 올라갔던 사람들 다 아무 문제도 없었는데 갑자기 곰이라니, 이 동네 사람들 중에 그 얘기 믿는 사람 없죠?"
"아휴. 멧돼지 새끼 때문에 골머리 썩은 적은 있어도, 아니 곰은 무슨 곰이야. 그리고 멧돼지 새끼는 글케 사람 못 죽이지."
"그렇죠. 시신 상태가 어땠는지 가지고 소문이 도나 봐요? 살점이 어떻게 떨어져 나가 있었다든지. 듣기로는 죽은 남자 내장이 다 흘러나왔다던데…?"

"예?"

재현의 물음에 직원은 순간 멈칫하더니 재현을 유심히 살폈다. 그제야 재현이 짓는 미소 너머의 날카로운 눈빛을 발견한 직원은 저도 모르게 뒷걸음질을 쳤다.

"참 나. 흉하게 그런 말을…."

재현은 지갑을 꺼내 경찰 공무원증을 내보였다.

"그냥 아시는 거 간단하게 들으려고 온 겁니다. 조사하려는 건 아니고."
"아니, 며칠 내내 경찰들한테 다 말했는데 뭘 또 물어보려고요. 이제 됐고 더는 말 안 해요, 안 해. 드신 거 계산하시고 가요."

사장으로 보이는 사람이 주방에서 몸을 내밀어 바깥의 일에 관심을 갖자, 직원은 아무 일도 아니라는 듯 손짓했다.

재현이 가게를 나와 꽤 오래되어 보이는 그랜저 차량의 시동을 건 순간, 재현의 핸드폰으로 문자 한 통이 도착했다. 얼굴·목·복부의 살점이 잔인하게 뜯겨 나간 남자의 사진, 그리고 허벅지에 상처를 입은 여자의 다리 사진이었다.

- 형님, 이거 제가 보낸 거 들키면 큰일 납니다.

2장 사라진 사람

그냥 보시기만 하고 바로 지워 주십시오. -

성포산을 관할하는 경찰서에 있는 후배로부터 온 메시지였다. 재현은 사진을 확대해 자세히 살폈다. 사진 속 상처는 재현이 상상했던 모습과 일치했다. 특히 여자의 허벅지에 난 상처는 재현에게 매우 익숙한 형태였다. 그렇게 들여다보고 또 들여다봤던, 과거에 자신이 왼쪽 허벅지에 입었던 상처와 비슷했다.

자동차 히터를 튼 탓인지 다리에 습기가 찼다. 재현이 시트를 뒤로 젖히고 왼쪽 바짓가랑이를 걷자, 허벅지 중간 부분 아래로 연결된 의족이 드러났다. 의족의 소켓과 다리 사이에 물이 차 있었다. 재현은 들고 다니는 손수건으로 습기를 닦아 낸 뒤 바짓가랑이를 내려 옷매무새를 정리했다.

재현은 피해자들의 사진을 저장한 다음, 문자를 보낸 후배에게 전화를 걸었다.

"야, 고맙다. 거 피해자들 주소랑 살아남은 애, 걔 지금 어디 있는지도 좀 알려 줄 수 있나?"

핸드폰 너머로 후배의 얕은 한숨 소리가 들렸다.

"형님, 그거까지는 제가 알려 드릴 수 없어요. 이제 막 수사 시작하는 사건이라 그렇게 정보 나가는 거 지금 예민해요. 아시잖아요."

"너 나 못 믿나? 내가 혹시라도 기자들한테 정보 팔아먹을까 봐 그래?"

"형님. 옷 벗으신 지가 언젠데, 그냥 관심 끊으세요. 아까 그 사진은 이미 기자들한테도 유출돼서 그냥 마지막이다 생각하고 드린 거고, 입금해 주신 돈은 제가 다시 돌려드릴게요. 저도 정말 난감합니다. 끊습니다."

재현은 식당에서 직원에게 내보였던 경찰 공무원증을 쳐다봤다. 재현의 현재 모습을 담은 사진이 어색하게 덧붙어 있었다. 누가 봐도 조작한 공무원증이었다. 덧붙은 사진을 손톱으로 떼어 내자, 거의 30년 전에 찍은 재현의 사진이 드러났다. 30대의 재현은 지금과는 다르게 살집이 좀 있고 부드러운 인상을 지니고 있었다. 이 오래된 공무원증은 더 이상 쓸모가 없다. 오늘처럼 함부로 내보였다가는 오히려 경찰 사칭죄로 걸릴 판이었다.

재현은 자신이 경찰이 아니란 걸 받아들이기가 여전히 힘들었다. 경찰 외에 자신을 설명할 수 있는 다른 단어가 떠오르지 않았다. 사람들의 눈에 재현은 그저 막 60대에 접어든 가난한 노인으로 보일 터였다. 하지만 재현에겐 특별한 사명감이 있었다. 자신의 명예를 되찾고, 자신만이 알고 있는 어떤 위험한 진실을 사람들에게 알려야만 했다. 어쩌면

2장 사라진 사람

이 비참한 시간들이 큰일을 이루기 위한 일종의 시험일지도 모를 일이었다.

경찰직에서 파면된 뒤, 재현은 이런저런 일들을 하며 생계를 이어 오다 10년 전부터 물류센터에서 지게차를 운전했다. 경찰과는 전혀 상관없는 일을 하면서도 재현은 자신을 경찰직에서 끌어내린 그 사건을 끝끝내 놓지 못하고 있었다. 뉴스에서 성포산 사건을 본 재현은 자신을 괴롭혀 온 그 사건을 종결지을 마지막 기회가 왔다는 확신이 들었다.

재현은 핸드폰 지도 앱을 켰다. 아마 피해자 여성은 다리 절단 같은 큰 수술을 받아야 할 수도 있다. 그런 수술을 감당할 만한 병원은 이 지역에 많지 않았다. 일주일이라는 긴 휴가를 힘겹게 얻었기에 재현은 성포산과 가장 가까운 종합 병원부터 빠르게 돌아볼 작정이었다. 살아남은 아이의 엄마, 박은옥이 그날 본 것을 알아내기 위해서.

3

텔레비전에서는 우리나라로 다가오는 중인 태풍 덴무와 관련한 뉴스가 나오고 있었다. 태풍이 오기 직전이라 공기 중 습도가 대단했다. 나는 여름 방학 보충 수업을 마치고 집에 돌아와 가방만 벗은 채로 바닥에 누워 있었다. 붉은색과 초록색 체크무늬가 교차하는 촌스러운 여름 교복이 싫은데, 보충 학습 때문에 방학 때도 매일 이 교복을 입어야 한다는 사실이 불만스러웠다. 친구들은 교복이 얌전한 회색이거나 남색이었다면 남자 친구가 더 쉽게 생겼을 거라고 했다. 촌스러운 컬러도 문제였지만 내 경우에는 중학교 3학년이 되면서 키가 껑충 자라 치마 길이가 어정쩡해졌다는 점도 문제였다. 반년만 참으면 졸업이기에 엄마는 새로 교복을 맞춰 주는 대신 치맛단을 풀어 길이를 늘려 주었다. 내 눈에는 아무래도 이상해서 사람들 보기가 부끄러웠다.

   나는 선풍기도 틀지 않고 방에 대자로 누워서 땀을 뻘뻘 흘리며 한 가지 사건에 골몰했다. 낮에 학교에서 친구들이 나에게 "넌 정말 이상한 애야. 사람 맞아?"라고 말하더니, 나를 무리에서 소외시킨 것이다. 몸을 왼쪽으로 돌려 눕자 바닥 장판에 날라 붙어 있던 허벅지에서 '쩌-억' 하는 소리가 났다.

   왜 내가 사람인지 아닌지를 고민해야 하는 거야?

   나는 엄마도 아빠도 눈, 코, 입도 있고, 이렇게 슬퍼지면 눈물도 나는데, 왜 친구들이 나에게 "사람 맞아?"란 질문을 하는지 이해할 수 없었다. 내가 먹는 걸 좋아하지 않는다는 이유만으로? 다른 애

2장 사라진 사람

들이랑 식성이 다르다는 이유만으로?

　엄마와 아빠는 도예가라 나무로 불을 때며 가마에서 도자기를 굽기에, 날씨가 더운 8월에는 쉬는 날이 많았다. 거실 미닫이문을 열면 디귿자집 한가운데에 있는 안마당이 보이고 맞은편으로는 아빠의 서재가 보인다. 아빠는 여름이면 서재의 흔들의자에 앉아 죽은 사람처럼 목을 뒤로 축 늘어트린 채 선풍기 바람을 쐬며 낮잠을 자곤 했다. 에어컨이 없는 집이라 여름이면 모든 미닫이문을 다 열어 놓은 채로 지내는데, 오늘은 이상하게 문이 전부 꼭 닫혀 있었다. 나도 방문을 닫은 채로 심각한 고민을 하느라 방 안을 찜통으로 만들고 있었다. 이유 모를 괜한 오기로 더위와 전쟁을 벌이는 중이었다.

　그때 전화벨이 울렸다. 대부분의 사람들은 핸드폰으로 통화를 했지만, 엄마는 여전히 집 전화를 고집했다. 집 전화에는 무음 기능도 진동 기능도 없다. 시끄러운 벨 소리가 갑작스럽게 울리는 데에는 나보다 아빠가 더 예민하게 반응했다. 집 전화의 벨이 울릴 때면 아빠는 "저놈의 씹할 전화기, 언젠가 가마에 던져서 내가 아주 아작을 내 버릴 거야!"라고 신경질을 내며, 발신자가 누군지 확인도 안 하고 전화를 끊곤 했다.

　"아빠가 받을 거지?!"

내가 그렇게 소리쳤지만 아빠는 아무런 대답이 없었다. 그러고 보니 툇마루 밑으로 아빠 신발이 보여 아빠가 집에 있다고 생각했을 뿐, 아까부터 어떤 인기척도 나지 않았다.

"아빠! 아빠 없어?!"

지금 집에 있는 건 나 혼자뿐이구나 싶어, 시끄러운 전화벨 소리를 멈추고자 일어났다. 거실로 건너가 전화를 받으려는 순간, 벨 소리가 멈췄고 적막이 흘렀다. 뒤이어 나는 그 냄새를 맡았다.

"아빠, 어디 있어?"

학교에서 돌아왔을 때만 해도 분명 툇마루 아래 놓여 있던 아빠의 슬리퍼가, 어디로 갔는지 보이지 않았다. 그리고 미닫이문 너머에서는 냄새가 났다. 정신을 아득하게 만들고 심장을 뛰게 하는 그 냄새가. 내 감각은 온통 미닫이문 안쪽을 향했다. 이윽고 문을 열자, 바닥에 쓰러진 아빠가 보였다. 가만히 다가가 무릎을 꿇고 아빠를 빤히 쳐다봤다. 어서 119에 신고를 해야 했지만, 나는 그러지 않았다. 온 정신이 '배고프다'는 욕망에 집중됐다. 모든 사고가 정지되고 오로지 허기를 채워야겠다는 욕구만 남았다.

나는 아빠의 다리를 물었다.

2장 사라진 사람

'맛있어.'

이번에는 팔을 물어뜯었다.

'맛있다는 말의 의미를 이제야 알겠어. 정말 맛있어. 내가 맛있다는 게 뭔지도 모르는 동안에 다들 이런 걸 매일매일 느끼고 있었던 거야?'

그런 생각을 하는 사이 점점 정신이 아득해지면서 내 주변의 모든 것들이 까맣고 깊은 블랙홀 속으로 사라져 버렸다.

'또 같은 꿈이야.'

악몽이었다. 이 말도 안 되는 꿈을 용혜는 오랫동안 반복해서 꾸고 있었다. 용혜는 잠옷 속으로 손을 넣어 몸을 긁었다. 이 악몽을 꾸고 나면 항상 붉은 반점이 부풀어 올랐다. 붉은 반점은 마치 달마티안의 검은 점처럼 용혜의 몸 전체에 퍼져 있었다. 이 반점들은 보통의 점과는 달랐다. 살아 있는 생물처럼 부풀어 오르다가 가라앉기도 했고 크기가 커졌다가 줄어들기도 했다. 어릴 때는 대수롭지 않게 여길 정도로 작았지만 용혜가 자람에 따라 이 반점도 함께 자라났다. 10년 뒤에는 몸 전체를 이 붉은 반점이 덮을 수도 있겠다고 용혜는 생각했다.

일요일 새벽, 이제 막 1시가 넘어가고 있었다. 잠

이 들자마자 꿈을 꾼 모양이었다. 이렇게 이상한 꿈을 꾸고 난 뒤면, 용혜는 강한 허기를 느꼈다. 어쩌면 강한 허기를 느낄 때마다 이런 꿈을 꾸는 건지도 모를 일이었다.

용혜는 냉장고 문을 열고 선반에 놓인 생고기 한 팩을 꺼냈다. 포장용 랩을 뜯은 다음에는, 익히지 않은 고기를 허겁지겁 먹기 시작했다. 맛이 없기는 해도 소화하기에는 그럭저럭 무난한 음식이었다. 조리된 요리도 씹고 삼킬 수는 있지만 용혜가 소화할 수 있는 양은 삼킨 양의 20%가 채 안 됐다. 소화되지 않은 80%의 음식물은 고통스럽게 다시 게워 내야 했다. 날고기를 먹으면 그나마 허기를 채울 수 있었고, 다시 속을 비우는 고통을 겪을 필요가 없었다.

다른 날과 달리 생고기를 두 팩이나 꺼내 먹었지만 공복감이 가라앉지 않았다. 낮에 봤던 시신에서 나던 달고 시큼한 냄새가 식욕을 자꾸만 자극했다.

시취를 맡고 난 뒤에는 어김없이 사람을 먹는 꿈을 꿨고 강렬한 배고픔을 느꼈다. 용혜는 자신이 시체에 대해 어떤 충동을 느끼는지 누구에게도 털어놓을 수 없었다. 아니, 누군가에게 들킬까 봐 두려웠다.

2장 사라진 사람

'왜 꿈에서 내가 먹고 있는 사람은 언제나 아빠인 걸까.'

용혜는 다시 불안해졌다.

용혜의 아빠, 주태용은 13년 전 실종됐다. 산책하러 나갔다가 다시는 집에 돌아오지 않았다. 엄마는 아빠가 평소 우울감에 시달렸다고 경찰에게 진술했고, 경찰은 아빠의 실종이 심리적으로 불안정했던 도예가의 자발적 가출이라고 잠정적으로 결론 내렸다.

용혜가 이 악몽을 꾸기 시작한 것은 그 무렵부터였다. 용혜가 악몽을 꾸었다며 괴로워하면, 엄마는 그동안 겪은 여러 가지 사건들이 뒤엉킨 아무 의미 없는 꿈이라고 말하곤 했다. 사춘기 아이들은 아직 이해하지 못한 세상의 진실을 알고 싶은 마음에 흔히 끙끙대며 이상한 꿈을 만들어 낸다는 것이었다. 그리고 아빠는 힘든 현실에서 벗어나기 위해 증발을 택한 비겁한 사람이라고 했다.

하지만 용혜는 자신이 아빠를 해한 건 아닐까 하는 끔찍한 상상을 했다. 꿈에서처럼 아빠를 해쳤는데 정신을 잃어서 기억을 못 하고 있는 걸까 봐 두려웠다. 엄마가 자신을 위해 모든 뒷감당을 한 뒤, 거짓말을 하는 중일 수도 있었다. 용혜가 그렇게 의

심하는 이유는 엄마의 태도 때문이었다. 아빠가 실종된 이후로 엄마는 용혜를 피했다. 그리고 아빠의 실종을 자발적 가출로 만들었다.

용혜는 아빠가 살아 있을 거란 희망은 품고 있지 않았다. 엄마가 사망 신고를 하면서 공식적으로 사망한 사람이 된 아빠의 끝이 그저 궁금했다. 그걸 확인해야만 자신이 아빠의 시신을 먹는 악몽에서 벗어날 수 있을 것 같았다.

4

집 근처 편의점의 CCTV에 찍힌 이후로 행방이 묘연했던 유건재에 대한 수사가 급진전되었다. 뜬금없이 강원도 용구산에서 그의 핸드폰이 발견된 것이다. 등산객이 주운 핸드폰은 곧장 관할 지구대로 넘어갔고 문주서의 실종수사팀, 유건재의 가족에게도 이 소식이 전해졌다. 용구산 입구 CCTV에는 유건재로 보이는 남자가 등산로 초입에 들어서는 모습이 찍혀 있었다. 12월 26일 오후 5시 24분의 일이었다. 그의 주변으로는 하산하는 사람이 드물게 보였고, 유건재가 오르는 길 옆에는 '동절기에는 오후 1시 이후로 입산을 금지합니다.'라고 적힌 현수막이 보였다.

    행방에 대한 단서가 나온 것까지는 좋았지만 의문점이 여러 가지였다. 일단 발견된 장소가 의외였다. 용구산은 등산 애호가에게도 쉬운 산이 아니었다. 유건재는 당뇨를 앓고 있었고 무릎이 좋지 않아 등산을 즐기지 않았다는데 왜 험하다고 소문난 산에 갔는지 모를 일이었다. 등산로에 진입한 시간 또한 이상했다. 유건재는 12월 25일 오전 8시에 집을 나섰다. 유건재의 집에서 용구산까지의 거리는 직선거리로 120km이며 차로 이동할 경우에는 180km다. 그날이 크리스마스였다는 걸 감안해도 시외버스나 택시를 타면 서너 시간 만에 도착할 수 있었다. 그런데 유건재는 26일 오후 5시가 넘어서야 등산로에 진입했다. 이동 시간과 수면 시간을 계산에 넣어도 하루 정도의 시간이 비었다. 입산이 금지된 시간에 산을 오른 건 어떤 특별한 목적 때문인 듯했다. 유건재는 CCTV를 경계하는 것처럼 보였다. 누군가에게 쫓기는 모습은 아니었지만 걸음걸이가 부자연스러웠다. 더더욱 기이한 점은 입산하는 모습은 찍혀 있었지만 하산하는 모습은 그날 용구산 등산로의 어느 CCTV에도 찍혀 있지 않았다는 점이다.

    산악 구조대와 경찰, 소방대원들이 용구산 곳곳

을 수색했지만 유건재는 발견되지 않았다.

용구산 관할 경찰서 접견실에서 용혜는 같은 팀의 승규와 함께 CCTV에 찍힌 유건재를 담은 사진들을 훑어봤다. 뒤이어 유건재의 핸드폰이 발견된 지점의 지도를 보던 용혜는 근처 강주 마을까지의 거리를 살펴봤다.

"12km."

"응?"

용혜가 지도를 승규 앞으로 내밀었다.

"유건재하고 친한 친구가 여기 강주 마을에 살아요. 핸드폰이 발견된 곳에서부터 이 마을까지의 거리가 12km예요. 아무리 겨울이라도 성인 남자가 충분히 걸어서 갈 만한 거리긴 한데…."

"그쪽 CCTV도 다 확인했는데 26일 이후로 하산한 기록은 안 나왔어."

"마을 입구 쪽으로 진입하면 사람들 시선도 있고 불법 추심업자들에게 잡힐 수도 있다고 생각해서 카메라에 안 잡히는 다른 길로 들어간 건 아닐까요?"

"체력이 좋지도 않은 유건재가 산길을, 그것도 밤에 12km나 걸었다고? 무리야, 무리."

승규가 지도를 보더니, 다시 수사 보고서를 살펴

기 시작했다.

"핸드폰이 그제 낮에 등산객에 의해서 발견됐고 지금까지 하산한 기록이 없으면…. 아니, 그 근처에서 시신이라도 나와야 하는 거 아니냐고. 아무리 샅샅이 뒤져도 소지품 하나 발견이 안 된다는 게 너무 이상하지 않아? 핸드폰이 혼자 움직인 것도 아니고."

그때 관할서 실종수사팀 형사가 접견실로 들어오며 말했다.

"진짜 식인 곰이라도 있는 건지."

답답한 한숨을 내쉬며 형사는 용혜와 승규 앞으로 커피를 내밀었다.

"여기로 이렇게 산맥을 타고 3km 걸으면 성포산으로 갈 수 있어요. 성포산까지 수색 범위를 넓혀야 하나 싶어서 난감합니다."

형사는 용혜가 주목한 강주 마을과는 반대 방향으로 향하는 선을 지도에 그었다. 용혜와 승규 둘 다 당연히 마을 쪽으로 빠져나오는 길만 주목했지, 다른 산으로 향했을 거란 생각은 하지 못했다.

"성포산 사건 아시죠? 얼마 전에 40대 남자가 뭔가에 공격당해서 살점이 다 떨어져 나가 사망한 사건."

용혜와 승규도 뉴스를 통해 본 적이 있기는 했지만 인접한 지역의 사건이 아니기에 관할서 내부에서 수사가 어떻게 진행되고 있는지 전해 들은 적은 없었다.

"용구산이 원래 겨울에 조난 사고도 많고 사망 사고도 많은 산이에요. 근데 희한한 게 신고를 받고 수색을 해도 조난자를 못 찾아서 난처했던 적이 몇 번 있었단 말이죠. 시일이 좀 지나면 보통 발견되기 마련인데, 요 몇 년간은 사람이 그냥 사라져 버렸는지 시신도 못 찾은 경우가 종종 있었어요."

"그런 적이 얼마나 많았나요?"

용혜의 물음에 형사가 보고서를 내밀었다. 실종자 수색과 관련한 자료들이었다.

"봐 봐요. 다 아직도 실종 상태인 사람들이에요. 용구산으로 입산한 건 확인이 되는데 하산은 확인이 안 되는. 산을 뺑 둘러 CCTV를 설치할 수는 없으니까, 정해진 하산로를 이용하지 않았다면 이 사람들이 어디로 갔는지는 알 수가 없죠. 적어도 산에서 뭐 조난당해서 죽었으면 시신이라도 있을 거 아니에요. 근데 시신이 없으니 그냥 실종 상태인 거예요."

"용구산에서 성포산까지 걸어서 이동하는 사람

2장 사라진 사람

이 많나요?"

"그럼요. 이 두 산을 하루에 등반하기도 해요. 무슨 챌린지라고 하던데. 오전에 성포산 올랐다가 오후에 용구산 오르는 거예요. 사실 위험하죠. 겨울 산은 해 지면 급격하게 기온이 떨어져서 만만히 보고 덤볐다가 사고 많이 당하거든요."

용혜는 접견실의 시계를 올려다봤다. 오후 5시가 넘어가고 있었다. 일몰 전이었지만 밖은 이미 어둑했다. 유건재가 용구산 등산로에 들어선 시각이 오후 5시 24분이었다.

용구산 진입로는 바리케이드로 막혀 있었다. 눈 때문에 도로가 얼어 차량 진입을 통제한다는 안내문이 걸렸다. 용혜와 승규가 탄 차량 옆에는 역시 산으로 향하지 못한 그랜저 차량 한 대가 주차되어 있었다.

"현재 폭설로 인한 사고가 우려됨에 따라 등산로의 일부 구간을 일시적으로 통제하게 되었습니다. 기상 상황이 안정될 때까지 출입을 제한하오니 양해 부탁드립니다."

조수석에서 내린 승규는 용혜가 들을 수 있게 안내문을 큰 소리로 읽었지만 용혜는 전혀 신경 쓰지 않는다는 듯 손에 보온 장갑을 끼고 점퍼의 단추를 채웠다.

"이 추위에 꼭 이래야겠냐. 무리야."

승규의 투정을 들은 체 만 체 하며 용혜는 핸드폰으로 현재 기온을 체크했다. 실제로는 영하 16도인데 바람이 불어 영하 20도처럼 느껴졌다. 용혜는 유건재가 이 산에 진입했던 날짜의 기온과 풍랑을 검색했다.

"비슷해요. 대충 지금이랑 비슷한 상황에서 유건재는 이 산을 넘으려 한 거예요. 유건재가 강주 마을로 향했을지 성포산으로 향했을지 짐작이라도 하게 등산로 초입까지는 가 봐요."

"야, 인마. 니가 뭐 독심술사도 아니고, 유건재가 무슨 생각으로 이 산을 올랐는지 가 보면 안다는 거야? 야. 내가 힘들어서 그런 게 아니라… 이건 아닌 거 같지 않냐?"

"강주 마을까지는 12km예요. 이 날씨에 산길을 10km 걷는 게 쉽지 않다면, 그래서 아까 그 형사 말대로 성포산 쪽으로 이동하는 중에 사고가 났다면 수색 범위를 성포산까지 넓혀야 되잖아요."

"평소에 등산을 안 하던 사람이 밤에 산을 건너 다른 산으로 간다는 건 말이 안 돼. 이 날씨면 당연히 며칠 못 버텼을 거고."

2장 사라진 사람

용혜가 지금 서 있는 곳에서 등산로 초입의 CCTV까지는 거리가 2km 정도 됐다.

"그러니까 초입까지만 가 보자고요. 막상 갔더니 되돌아가고 싶어질 정도다 하면 그때 다시 생각해요."

"인마, 핸드폰 발견된 곳이 산 중턱인데 무슨 소리야. 이미 해가 다 졌는데도 거기까지 오른 거 아냐."

"그러니까요. 아무래도 이상하잖아요. 이렇게 늦은 시간에 험한 산을 무릎도 안 좋은 사람이 올랐다는 게."

"그냥 인생 마지막 장소로 이 산을 선택한 걸 수도 있지. 26일 이후로 비가 한 번, 눈이 두 번이나 왔어. 그중에 하루는 폭설 주의보까지 떴다고. 그냥 발견 못 한 거야, 시신을."

용혜는 승규와 대화하기를 멈추고 바리케이드를 넘어 빙판이 된 차도를 걷기 시작했다. 승규는 어쩔 수 없이 거리를 두고 용혜를 뒤따랐다.

무거운 옷을 잔뜩 껴입은 데다 제법 경사가 심한 빙판길에서 미끄러질까 긴장하다 보니 1km를 걸었을 뿐인데도 숨이 차고 피곤했다. 게다가 잠깐 호흡을 고르기 위해 걸음을 멈추면 칼날 같은 바람이 옷 속으로 파고들어 살을 찢는 것처럼 느껴졌다.

"이 추위에 무슨 등산이야. 이건 죽으러 온 거야, 죽으러."

"하…."

용혜는 승규의 말에 동의하는 의미의 한숨을 쉬었다.

"야. 용혜야. 저기…."

승규가 순간 무언가를 봤는지, 용혜를 툭툭 치곤 손으로 등산로 입구를 가리켰다. 멀리서 백발의 남자가 힘겹게 하산하는 모습이 보였다. 다리를 절뚝이며, 숨을 몰아쉬는 듯 몸을 들썩이며 걸어 내려오는 남자는 재현이었다. 재현도 맞은편의 승규와 용혜를 발견하곤 잠시 멈칫했지만, 이내 다시 천천히 걸음을 옮겼다.

"혹시 도움이 필요하세요?"

용혜가 말을 건네자, 두 사람을 그대로 지나치려던 재현이 멈춰 섰다. 재현은 승규와 용혜를 번갈아 살폈다. 용혜 역시 재현을 살폈다. 등산복을 입지 않은 데다가 다리가 불편한 사람이 산에서 내려오는 게 이상했다.

"여긴 어떻게 오셨어요? 근처 사세요?"

용혜의 물음에 재현이 대답하지 않고 빤히 쳐다보기만 하자, 승규가 나서서 신분증을 내보였다.

2장 사라진 사람

"저희 경찰인데요, 혹시 도움이 필요하실까 싶어서요."

"저 밑에 제 차가 있습니다. 괜찮습니다."

재현은 그렇게 말하고는 다시 가던 길을 내려갔다. 재현은 용혜를 한눈에 알아봤다. 용혜의 얼굴에는 어릴 때 모습이 많이 남아 있었다. 게다가 성인이 된 용혜의 얼굴은 누군가와 많이 닮았다. 자신의 다리를 이렇게 만든 그 여자와.

재현 또한, 실종된 유건재의 핸드폰이 용구산에서 발견되었다는 소식을 유건재의 동생에게서 전해 들었다. 유건재의 동생은 형에게 빌려준 5000만 원을 받지 못할까 봐 전전긍긍하고 있었다. 그가 경찰에게 형이 사라졌다고 실종 신고를 한 것은, 형이 돈을 갚지 않을 생각으로 잠적했다고 여겼기 때문이었다. 하지만 재현의 생각은 달랐다. 유건재는 돈이 아닌 다른 이유로 조바심을 느껴 불안해하고 있었다.

재현은 경찰 시절 담당 사건의 참고인 조사를 하다가 유건재를 처음 만났다. 특별한 우정이나 신뢰를 나눈 사이는 아니었지만, 둘 사이에는 남들이 모르는 진실을 함께 마주했다는 연대감이 있었다. 유건재는 재현보다 다리가 튼튼했지만 등산을 할 체력은 없었다. 유건재가 이렇게 험한 용구산에 스스로 올랐다면, 그래야만 하는 절박한 이유가 있었을 것이 분명했다. 재현은 유건재가 누군가를 만나기 위해 이곳에 왔으리라 짐작했으나, 그 이유까지는 알지 못했다. 어쩌면 유건재가 찾으려 한 사람은 재현이 찾고 있는 사람일지도 모른다. 재현이 그동안 찾아다닌 이들 중 한 명의 행적이 묘연했다. 그 사람이 이곳에 있을 가능성을 배제할 수 없었다.

'이런 험한 산에 숨어 살다니….'

평지가 아닌 곳에서는 제대로 걷기조차 힘든 자신의 왼쪽 다리를 보고 재현은 쓴웃음을 지었다. 산은 재현이 접근하기 힘든 장소였다.

재현이 자신의 그랜저 차량으로 다가가는데, 용혜와 승규가 타고 온 차량 옆에 은색 SUV 차량 한 대가 더 보였다. 그 차에서 내린 남자 둘이 카메라 배터리를 체크하고 있었다. 유건재의 핸드폰이 용구산에서 발견되었다는 연락을 받고 뒤늦게 도착한 홍보 영상 감독 석중과 촬영 감독 영재였다.

"혹시 저 경찰들과 일행인가요?"

재현이 다가가서 그렇게 묻자 석중이 카메라 세팅을 멈추고 돌아봤다.

"네. 무슨 일 있으세요?"

"궁금한 게 있어 그러는데, 저 여자 경찰 이름이

2장 사라진 사람

주용혜 맞나요?"

"네. 왜… 무슨 일 때문에…."

재현은 용혜와 언젠가 대면하게 되리라 짐작하고는 있었지만, 이렇게 갑작스럽게 마주칠 줄은 몰랐다. 이곳에서 용혜를 만난 것은 우연이 아니라 필연일 수도 있다고 생각했다.

"제가 저 여자와 아주 오래전부터 아는 사이입니다. 여기도 경찰들이신가?"

"아뇨. 저희는 촬영팀이에요."

재현이 용혜와 잘 아는 사이라는 말에 석중은 재현을 다시 한번 살폈다. 재현은 카메라를 바라보며 물었다.

"사건 관련해서 기록하는 겁니까?"

"아뇨. 경찰분들 촬영 중이에요."

"아, 경찰들을 찍는다?"

재현은 뭔가 생각하더니, 석중을 바라봤다.

"저기… 명함 한 장만 주시겠어요?"

재현의 요청에 석중은 잠시 당황했지만, 용혜의 이름을 익숙하게 부르던 그의 모습이 떠올라 지갑에서 명함을 꺼내 건넸다.

"유건재는 못 찾을 겁니다. 그리고 주용혜는 이

사건을 해결할 수 있지만 그렇게 안 할 겁니다."

재현은 그 말을 끝으로 자신의 그랜저 차량에 올라탔다. 그 틈에 올라간 바지 위로 재현의 의족이 보이자, 석중은 멈칫했다.

재현이 떠난 뒤 석중과 영재가 카메라를 들고 용구산 쪽으로 이동하는데, 이내 하산하는 승규와 용혜가 보였다.

"저희 용구산 살펴보는 경위님이랑 경사님 촬영하려고 하는데요."
"아, 미안! 해가 졌으니 나중에 하자고. 미안해."

승규는 추위에 떨며 그대로 차에 올라탔다. 촬영감독 영재는 비협조적인 승규의 태도에 툴툴댔다. 사실 이곳에 카메라를 들고 오자고 고집한 건 석중이었다. 이 먼 곳까지 와서 촬영을 하다 보면 용혜와의 거리감이 줄어들 거라고 기대했기 때문이다. 용혜가 어디서 이렇게 수사하는지 직접 보고 싶기도 했다.

석중은 아까 마주친 남자와 용혜가 어떤 관계인지 궁금해 호기심을 참지 못하고 용혜에게 물었다.

"주 경사님, 아까 그 아저씨는 어떻게 알게 된 분이세요?"
"네? 누구요?"

2장 사라진 사람

"경사님 여기 도착하시기 전에 먼저 내려오신 아저씨요."

"네? 전 잘 모르는 분인데…."

"주 경사님 이름을 알고 계시던데요."

순간 용혜는 아까 그 백발의 남성에게 자신의 이름을 알려 줬나 생각했다. 하지만 신분증을 보여 주고 대화를 나눈 건 승규였다. 분명 자신의 이름을 말한 적은 없었다.

"아. 그리고 유건재 씨 시신은 못 찾을 거라고…. 그리고 주 경사님은 이 사건을 해결할 수 있지만 그러지 않으실 거라고 하던데요."

용혜는 자신의 이름뿐 아니라 유건재의 이름도 말한 적이 없었다. 용혜는 뒤늦게 재현을 찾으려 했지만, 재현은 이미 떠난 지 오래였다.

3장 붉은 반점

1

제이앤씨 프로덕션은 작가 두 명과 연출 감독 세 명이 일하는 작은 영상 제작 회사다. 촬영과 사운드 담당자로는 외주 인력을 고용했고, 중요하지 않은 촬영이면 연출 감독이 직접 촬영과 사운드를 맡기도 했다. 처음에는 다큐멘터리 제작을 목표로 모였으나, 현재는 홍보 영상 촬영에 집중하고 있다. 프로덕션의 대표가 작품 제작보다 사무실 월세와 생활비, 인건비 충당에 급급했기 때문이다. 대표가 가리지 않고 받은 일을 직원들에게 무리하게 맡기면서, 제이앤씨 프로덕션은 저렴한 비용으로 가성비 좋은 홍보 영상을 만들어 주는 업체로 자리 잡았다.

석중은 대표와 대학교 선후배 사이였다. 영화 학교 재학 시절, 석중은 탈북민을 다룬 단편 다큐멘터리로 꽤 이름난 국제 다큐멘터리 페스티벌에서 수상한 이력이 있었다. 원래 영화감독을 꿈꿨지만, 다큐멘터리 상을 받고 나서부터는 유망한 다큐멘터리 감독으로 알려져 여기저기서 의뢰가 들어왔다. 하지만 기대와 달리 자신의 작품을 만들 기회는 좀처럼 찾아오지 않았다.

졸업 후 석중은 제이앤씨 프로덕션으로부터 연락을 받았다. 대표가 훌륭한 작품을 만들 기회를 열어 주겠다고 장담해 그 말을 믿고 일을 시작했다. 석중은 타인을 쉽게 믿지 않는 편이었음에도, 자신 안에 깊게 자리하고 있는 욕망을 자극하는 사람이 나타나면 본능적으로 그 사람의 말에 끌리곤 했다. 하지만 낮은 급여를 받으며 의미 없는 작업을 반복하다 보니, 그는 일종의 직업 사기를 당했다고 여기게 되었다.

경찰 홍보팀이 의뢰한 〈실종〉이란 영상물은 경찰의 날 행사장에서 상영될 한 시간짜리 홍보 다큐멘터리였다. 자신이 찍고 싶은 것이 아닌, 누군가가 원하는 것을 찍기 위해 카메라를 드는 자신의 모습이 한심했다.

석중은 편집실 컴퓨터에서 〈실종〉을 위해 찍은 영상이 들어 있는 폴더를 열었다. 그리고 마치 몰래 찍은 것처럼 남자의 다리만 덜렁 보이는 썸네일 이미지를 클릭했다. 영상 속에서 흘러나오는 목소리의 주인은 실종수사팀 승규였다.

― 아마도 아버지가 13년째 실종 상태라 실종수사팀에 자원해서 열의를 갖고 일하는 거 같은데….
― 용혜 경사님 아버지가 그렇게 오랫동안 실종돼 있는 상태라고요?
― 근데 그 사건을 들여다보면 가족 간에 문제가 있었던 게 아닌가 싶기도 하고.
― 왜요? 수사 결과가 그렇게 나왔던 거예요?
― 그때는 수사에 나설 근거가 없어서 안 한 거로 알아. 개인적으로 하는 생각이긴 하지만, 남편이 실종됐는데 부인이 한 달 동안 신고를 안 한 게 이상하잖아?
― 용혜 경사님은 아버지가 실종 상태라고 생각하는 거고요?
― 알 수 없지. 정말로 그렇게 생각하는지, 다 알면서도 받아들이지 못해서 실종이라고 생각하는 건지….

석중은 용혜가 영상 전체의 서사를 책임지는 주인공 같다고 여겼다. 아버지의 실종 이후 경찰이 되어 실종수사팀에서 일한다는 점이 그러했다. 석중은 이어 다음 촬영 파일을 클릭했다. 카메라는 용혜만을 팔로잉하고 있었다. 실종자를 찾기 위해 탐문

3장 붉은 반점

하는 용혜의 클로즈업이 나오자, 석중은 영상 재생을 일시 정지했다. 그리고 화면을 확대하고 또 확대했다. 용혜의 눈이 모니터를 가득 채울 때까지 확대한 석중은 화면을 오랫동안 바라봤다. 그건 작품 속 인물과 대화를 나누는 석중만의 방식이었다. 석중은 용혜의 눈이 자신에게 무언가를 말하고 있다고 느꼈다. 이유는 알 수 없었지만 용혜는 석중에게 특별했다.

석중이 외장 하드를 꺼내 한 폴더를 클릭하자, 홍보 영상과 상관없이 용혜를 몰래 찍은 영상들이 나왔다. 포커스가 맞지 않거나 심하게 흔들리는 영상이 많았다. 그 속에서 용혜는 수사팀 사무실에서 노트에 메모를 하고 있기도 했고, 뒷모습을 보이며 혼자 귀가하고 있기도 했다. 주택가의 5층 빌라로 들어선 용혜의 뒷모습을 찍던 카메라는 용혜가 5층에 올라가 거실 불을 켜는 모습까지 몰래 담고 있었다.

똑똑똑.

누군가 편집실 문을 노크했다. 석중이 문을 열어 보니, 재현이 그 앞에 서 있었다.

재현은 편집실에 들어서자마자 갈색 가죽으로 된 서류 가방에서 두툼한 흰 봉투를 꺼내 석중에게 건넸다. 석중은 봉투 안의 5만 원권 지폐 뭉치를 흘 끗 확인하고는, 책상 위에 봉투를 무심하게 내려놓 았다. 그리고 외장 하드 속 영상들을 편집 프로그램 타임라인에 올려놓고 클릭했다. 재현은 자신이 건 넨 돈을 대하는 석중의 태도를 유심히 살피며 옅은 미소를 지었다.

"제가 촬영하는 중에 자투리로 찍힌 주 경사님 모습들이에요. 그냥 보시기만 하는 거 맞죠?"

용혜의 일상이 나열된 편집 파일이 재생되자, 영 상 안에서 뭔가를 찾아내려는 듯 집중하던 재현이 조용히 물었다.

"혹시 주용혜가 뭔가를 혼자 먹는 걸 본 적이 있 나요?"

"네?"

석중의 되물음에 재현은 자신의 물음에 담긴 의 도를 너 사세히 풀어놓았다.

"여기 다른 경찰들을 보면 커피를 먹기도 하고, 봐 봐요. 여기 이 사람 책상 위에는 과자랑 컵라 면이 있는데, 주용혜가 이런 걸 혼자 먹는 걸 본 적이 있냐고요."

생각해 보니, 석중은 용혜가 껌을 씹거나 사탕을 먹는 것조차 본 적이 없었다. 워낙 말랐기에 먹는 걸 별로 좋아하지 않는다고 생각했다.

"회식 자리에서 고기 드시는 걸 보긴 했는데, 바로 다 토하셨던 거 같네요."

재현은 석중을 다시 가만히 살폈다. 겉으로는 어리숙해 보였지만 이런 사람들의 마음속에는 종종 복잡하고 강렬한 열망이 들끓고 있다는 걸 재현은 경험으로 알고 있었다. 재현이 본 석중은 내면에 뒤엉켜 있는 명예욕, 인정욕, 돈 욕심 중 하나도 제대로 드러내지 못한 채 어리숙한 모습으로 자신을 포장 중인 사람이었다.

"주용혜가 먹는 모습을 찍어 봐요."
"네? 먹는 걸요?"
"가짜로 먹는 척하는 거 말고, 진짜로 먹는 거. 지루한 홍보 영상보다 훨씬 더 재미있고 충격적인 장면이 담길 테니."

석중은 재현의 말을 이해하지 못했다.

"무슨 말씀을 하시는지…."

석중은 책상 위에 놓아뒀던 흰 봉투를 재현에게 돌려주었다.

"아, 그리고 제가 이런 돈 받으려고 부탁 들어드린 거 아닙니다. 마치 중요한 일이 있는 것처럼 요청하시길래 크게 문제 되지 않는 선에서 보여 드린 겁니다."

"이건 대가로 가져온 돈이 아니라, 감사의 표현이오."

재현은 석중의 난처해하는 표정을 관찰하며 말했다.

"이들은 사람을 먹습니다."
"네?"

이쯤 되자 석중은 정신이 이상한 남자에게 괜히 영상을 보여 줘서 후탈이 생기는 건 아닐까 걱정이 되었다.

"저는 경찰직에 꽤 오래 몸담아서 사람을 잘 보는 편입니다. 괜한 소리를 하는 건 아니고 선생님을 처음 뵀을 때부터 평범한 사람이 아니란 걸 눈치챘습니다. 어떤 분야에서 대단한 일을 해낸 사람들을 종종 봐 왔기 때문에 압니다. 낭중지추, 아무리 숨어 있어도 누군가에겐 들키기 마련이죠. 전 선생님 눈빛을 보고 알아챈 겁니다."

재현은 석중에게 자신의 핸드폰 번호를 적은 쪽지를 건넸다.

"진짜 대단한 걸 찍을 수 있는 기회가 와도 대부분의 사람은 그걸 못 믿어서 날리는 겁니다. 일단 제 말을 믿고 지켜보면 굉장한 진실과 놀라운 사

3장 붉은 반점

실을 찍을 수 있습니다."

"네? 도대체 뭘…?"

"지금은 이해가 안 되겠죠. 처음부터 이해가 되는 걸 찍어 봐야 재미없고 뻔하잖습니까."

재현은 이해할 수 없는 말을 남기고 자리에서 일어나더니, 석중에게 정중히 묵례한 후 편집실을 나갔다.

석중은 재현이 어떤 사람인지 판단하기 어려웠다. 강직하고 단단해 보였으나 그의 눈빛에는 묘한 잔인함이 서려 있었다. 곰곰이 되돌아보니, 석중은 용혜가 우수한 경찰이라고 생각하긴 했지만 어떤 사람인지는 제대로 알지 못했다. 용혜는 자기 자신에 대해 이야기하는 것을 극도로 꺼렸다. 재현이 말한 대로 무언가를 제대로 먹는 모습을 보여 준 적도 없었다.

석중은 재현의 말을 되새겼다. '먹는 걸 찍어라'. 그리고 '사람을 먹는다'…. 그제야 석중은 재현의 의도를 알아챘다. 용혜가 사람을 먹는 모습을 찍어 보라는 의미였다.

'미친 사람….'

재현이 두고 간 봉투에는 300만 원이 들어 있었다. 용혜의 영상을 보여 주는 것만으로 한 달 월급을 받다니 꽤 괜찮은 거래였지만, 뭔가 찜찜한 느낌이 들었다. 석중은 이 돈을 재현에게 돌려줘야겠다고 생각했다.

'어떻게 날 보자마자 비범한 사람이라는 걸 눈치 챈 거지?'

재현은 전직 경찰이라고 했다. 어쩌면 억울한 이유로 경찰 일을 관두고 특별한 목적을 좇으며 적절한 때를 노리는 사람일지도 모른다는 생각이 들었다. 자신의 비범함을 알아본 재현을 믿고 싶다는 마음이 석중의 심중에서 피어오르고 있었다.

2

경찰들은 유건재의 핸드폰이 발견된 지점부터 반경을 넓혀 가며 계속해서 유건재를 수색했지만, 여전히 그의 소지품 하나조차도 발견되지 않았다. 용혜와 지구대 순경들은 밤새 용구산 주변의 CCTV 영상을 살폈다. 유건재가 어디로 향했는지 찾기보다는, 어디에서부터 어떻게 왔는지를 추적하기 위해서였다. 유건재가 사라진 이후의 행방을 조사할 때는 언제 어디로 하산했는지 몰라 시간과 공간 범위를 넓게 두고 살펴봐야 했는데, 유건재의 행적을 역추적하는 작업은 그에 비해 수월했다.

유건재는 3475번 시내버스를 타면서 자신의 흔적을 감추려는 듯 현금으로 요금을 지불했고, 용구산 등산로 입구 근처에서 내렸다. 전날 저녁에는 충북 청주에서 강원도로 가는 시외버스를 타고 이동했다는 사실이 확인됐다. 그는 저녁 9시 20분에 용구산과 가장 가까운 시외버스 터미널에 도착한 후 부근의 모텔에서 하룻밤을 묵은 것으로 드러났다. 그러나 모텔에서 나와 3475번 버스를 타기까지의 행방은 여전히 오리무중이었다. 혹시라도 그사이에 누군가를 만나 위협을 받았거나 자살을 암시하는 행동을 했는지 파악할 필요가 있었다.

유건재가 청주의 시외버스 터미널까지 택시로 이동한 것이 추가로 확인되자, 용혜는 택시 회사에 전화를 걸어 유건재를 태웠던 기사와 통화했다. 유건재가 실종된 지 이미 2주가 넘었기에 블랙박스 영상을 기대하기는 어려웠다. 그러나 인상착의를 간단히 설명한 것만으로도 택시 기사는 유건재를 기억해 냈다. 요즘은 핸드폰 앱으로 택시를 부르는 사람이 많은데 유건재는 길에서 손을 흔들어 택시를 잡은 데다, 요금도 카드 대신 현금으로 지불했기 때문이다. 무엇보다 기사가 유건재를 기억하고 있었던 결정적인 이유는 그가 평화추모원에서 나와 택시를 탔기 때문이라고 했다.

뒷좌석에 앉아 내내 침울한 표정으로 창밖을 바라보던 유건재가 눈물을 훔치는 모습을 룸 미러로 본 택시 기사는 꽤나 소중한 사람의 납골당을 방문한 모양이라 생각했다고 한다.

기사가 승하차 시간까지는 기억하지 못했기에 용혜는 택시 회사의 협조를 받아 디지털 운행 기록 장치의 데이터를 살펴 유건재가 평화추모원에서 탑승한 시각을 확인했다. 이내 평화추모원으로 향하려는 용혜를 승규가 마땅치 않다는 표정으로 쳐다봤다.

"대출업자들 알리바이가 확실하니 혼자 돌아다니다 용구산으로 가서 실종된 건데, 어디를 다녔는지보다 하산 여부를 확인하는 게 맞지 않냐?"
"선배. 유건재가 자살을 하려고 나온 건지, 아니면 대출업자들한테 쫓겨서 도망가려고 나온 건지 알려면 뭘 하다 산에 들어가게 됐는지 먼저 확인해야죠. 입산한 시간과 집에서 나온 시간 사이에 하루가 비잖아요. 그동안 뭐라도 샀는지, 누구를 만났는지가 당연히 중요하죠. 그때 만난 사람과 나눈 얘기가 유언이 될 수도 있고, 아니면 어디로 도망쳤는지 알려 주는 단서가 될 수도 있잖아요."

3장 붉은 반점

승규도 용혜의 말에 동의했다. 다만 이미 지워진 기록이 많아 며칠째 CCTV만 눈이 빠지게 살피는 팀원들에게 미안한 마음이 들어 그렇게 말했을 뿐이었다.

"내 말은 어쨌든 성인이 집을 나간 거니까 너무 힘 빼지 말자는 얘기야. 이런 경우는 범죄 위험이 적잖아."

용혜는 승규의 말을 이해했다. 아동 실종 사건은 급박하게 수사해야 하지만, 이 사건은 성인이 스스로 핸드폰을 끄고 현금을 사용해 행적을 숨기며 이동한 경우였기 때문에 긴박함이 덜했다. 빚에 시달려 사채업자와 가족으로부터 도망친 나약한 성인의 실종 사건에 힘을 쏟자니 팀원들로서는 동기 부여가 잘되지 않는 것이 사실이었다.

만약 유건재가 실종 3일 전 용혜를 찾아와 "정말 미안하게 됐습니다. 사죄합니다. 반성하고 있습니다."란 말을 하지 않았다면, 용혜는 형식적인 보고서를 썼을 것이고 각종 기록이 지워졌다는 사실을 오히려 다행으로 여겼을지도 모른다.

용혜는 유건재가 자신에게 사과한 뒤, "이상하네. 왜 없지?"라고 말하며 자신의 손과 목을 뚫어져라 살폈던 걸 다시 떠올렸다. 수사 과정에서 얻는 단편적인 정보로는 부족했다. 유건재가 어떤 사람인지 알고 싶었다. 유건재가 자신을 찾아온 이유를 알아야만 했다.

용혜는 세 살이 되던 해에 지금의 부모에게 입양되었다. 어쩌면 유건재는 자신의 친부모와 관련된 사람일 수도 있다는 생각이 들었다. 아무도 용혜가 어디서 왔는지 알지 못했다. 용혜는 자신의 그 혐오스러운 식성과 붉은 반점들이 무엇에서 비롯되었는지 그저 궁금할 뿐이었다.

3

재현은 올해로 서른두 살이 된 아들이 얼마 전부터 부산의 한 병원에서 행정직으로 일하게 되었다는 소식을 들었다. 아들이 열두 살이 되던 해 이후로 서로 만난 적은 없었지만, 가끔 메시지를 주고받거나 멀리서 소식을 듣곤 했다. 이혼한 아내가 아들을 단단히 세뇌한 덕분인지, 아들은 자신에 대해 많은 오해를 하고 있었다. 재현은 아들이 자신을 단순한 살인자라고 생각하지 않기를 바랐다. 아내가 자신을 멋대로 판단하는 건 참을 수 있었지만, 아들만큼은 자신을 제대로 이해해 줬으면 했다.

3장 붉은 반점

성포산과 가장 가까운 대형 병원인 상진종합병원에서 일하는 직원들을 보니 재현의 머릿속에는 '아들이 저렇게 근무하고 있겠구나' 하는 생각이 스쳐 지나갔다.

재현은 성포산 사건의 피해자 부인 이름이 박은옥이라는 걸 지역 신문사를 통해 쉽게 알아냈다. 그는 3층부터 8층까지의 병동을 모두 돌아보며, 병실 앞에 걸린 이름표에서 '박은○'이라는 이름을 찾아보기로 했다.

이름의 앞 두 글자가 '박은'인 환자는 두 명이었다. 그중 한 명은 이름 앞에 'ENT'가 적힌 걸로 보아 이비인후과 담당 환자인 듯했다. 혹시나 하고 병실로 들어가 확인해 보니 해당 환자는 20대의 젊은 여성이었다. 나머지 한 명은 8층 중환자실에 입원한 환자였다. 외과 수술을 받은 환자인 만큼 재현이 찾고 있는 박은옥일 가능성이 컸다. 하지만 중환자실은 출입이 엄격히 통제되는 곳이고, 면회 또한 제한됐다.

재현은 과거에도 수사를 하던 중에 이런 난관을 많이 만났다. 그럴 때마다 재현이 선택한 방법은 한 가지였다. 잠복하고 기다리면서 상황을 살피는 것. 현재 시간은 오후 2시였고, 오후 5시부터 5시 30분까지는 보호자 면회가 허용되는 시간이었다.

오후 5시가 되자, 보호자용 가운을 걸치고 헤어캡을 쓴 여성 한 명과 남성 두 명이 의료진과 함께 병실 앞에 나타났다. 재현은 조용히 면회가 끝나기를 기다렸다.

30분 뒤 중환자실에서 나온 보호자들은 휴게소로 향했다. 재현은 자판기 커피를 먹으며 그들의 대화를 엿들었다. 남성들은 '권사님'이라 불렸고, 여성은 피해자의 여동생인 듯했다. 재현은 쓰고 있던 모자를 벗으며 그들에게 정중히 인사했다.

"안녕하십니까."

갑작스런 인사에 사람들이 당황하자, 재현은 그들의 경계심을 풀기 위해 먼저 자신을 소개했다.

"박은옥 씨 보호자분들 아니신가요? 제가 오늘 낮에 성포서 담당 형사에게 사건에 관해 듣고 면회를 할까 했는데, 시간을 놓쳐서 이렇게 그냥 돌아가게 됐네요."

"우리 언니를 아세요?"

은옥의 동생 은주가 강하게 경계하자, 재현은 왼쪽 바짓가랑이를 걷어 의족을 내보였다. 자신이 장애인이라는 걸 알리는 순간 대부분의 사람들은 마음을 풀고 호의적으로 대해 주었다.

"아. 저도 짐승한테 다리를 물려서 이렇게 됐거

든요. 아마도 이번 사건하고 제가 겪은 일이 유사해서 경찰들이 저를 조사한 모양입니다. 피해자분이 정신적으로 큰 충격을 받으셨다고 하길래 혹시라도 제가 도움이 될 일이 있을까 싶어, 아니 도움이 안 된다면 기도라도 드릴까 싶어 왔습니다."

"선생님도 성포산에서 피해를 당하신 거예요?"

은주가 묻자, 재현이 고개를 끄덕이며 대답했다.

"네. 그런데 정신을 잃는 바람에 저를 문 짐승의 정체는 끝내 알 수가 없었어요."

재현의 말에 은주가 놀라며 되물었다.

"선생님한테 피해를 입힌 게 짐승이 맞나요?"

"아… 그게…."

재현은 잠시 망설이며 상황을 살폈다. 그리고 거짓말을 이어 갔다.

"사실 잘 기억이 안 납니다. 하지만 네발로 걷고 사람의 살점을 뜯을 정도면 짐승이 아닐까 생각했어요."

"네, 그렇겠죠."

"제가 본 것과 박은옥 씨가 본 것을 조합해 보면 그 짐승의 정체를 알 수 있을지도 모른다고 경찰이 말하더군요. 저도 사실 저를 이렇게 만든 게 무엇인지 정확히 알지 못하니까, 박은옥 씨는 어떤가 궁금해서 경찰들에게 물어물어 여기 와 봤습니다."

은주는 재현의 이야기를 듣더니 더 착잡한 표정을 지었다.

"아, 네. 저희 언니는 다리 수술이 잘 끝나서, 곧 일반 병동으로 옮길 것 같아요. 근데 선생님이 다시 오셔도 면회는 힘들 거예요. 담당 형사님에게 들어서 아시겠지만 저희 언니가 충격을 많이 받아서 당시 상황에 대한 진술을 못 하고 있어요."

재현은 애써 안타까운 표정을 지으며 상황을 수긍하는 척했다.

"동생분이 고생이 많으시겠네요. 그나저나 박은옥 씨 아이는 괜찮은 거죠?"
"희영이요? 네. 희영이도 그때 일은 하나도 기억 못 하지만 몸은 괜찮아요."
"아이는 지금 어디? 누가 맡아 주고 있나요?"

희영이에 대한 이야기가 나오자 은주가 난감하다는 표정을 지었다.

"아이는 지금 제가 돌보고 있어서 안전해요."

은주가 낯선 이에게 민감한 이야기를 너무 쉽게 털어놓는다고 생각했는지, 나이가 꽤 들어 보이는

3장 붉은 반점

남자 권사가 대화를 가로막았다.

"뭐 궁금한 게 있으시면, 다음에 경찰 통해서 물어보시는 게 나을 거 같습니다만."

"아. 뭐, 도움이 되고 싶어 여쭤본 것뿐입니다."

이미 알아내고자 했던 정보를 파악했기에, 재현은 더 이상 그들을 불편하게 할 생각이 없었다.

자리를 뜨기 전에 재현은 은주에게 다가가 나지막하게 말했다.

"제 다리를 문 건 짐승이 아닐 수도 있죠. 언니분은 본인이 본 것을 아무에게도 말씀하시지 못할 겁니다. 뭘 봤는지 제가 알고 있다고 전해 주세요. 언니분 이야기를 전 이해할 수 있습니다."

재현은 은주에게 자신의 명함 한 장을 건넸다. 그리고 돌아서던 중 마지막으로 덧붙였다.

"참, 그리고… 안전하지 않습니다. 희영이 말고, 동생분과 동생분 가족이 말입니다."

4

평화추모원 통제실 CCTV 화면이 유건재의 모습을 비췄다. 유건재는 처음 방문한 사람처럼 손에 쪽지를 든 채 두리번거리며 다른 사람들에게 뭔가를 물어보고 있었다. 아마 어디로 가야 하는지 질문하는 듯했다. 통제실 직원은 유건재가 납골당 B동으로 들어선 시간이 오후 4시 5분임을 확인하고, 당시의 B동 내부 CCTV 영상을 찾아냈다.

유건재는 납골당 안에서 한참을 배회하다 마침내 구석진 곳의 한 유골함 앞에 멈춰 섰다. 그는 고개를 깊이 숙인 채 오랫동안 서 있더니, 무언가 중얼거리기 시작했다. 승규는 대수롭지 않게 넘기려 했지만, 용혜는 유건재의 입 모양을 보고 어떤 말을 반복하는 중이라는 걸 눈치챘다.

"죄송한데 이분 얼굴 좀 확대가 가능할까요?"

통제실 직원이 화면을 확대하자, 유건재의 입 모양이 선명히 보였다.

- 죄송합니다. 미안합니다.

용혜의 등줄기가 서늘해졌다. 유건재는 자신에게 했던 것과 똑같은 말을, 이번에는 누군가의 유골함 앞에서 반복하고 있었다.

용혜는 B동으로 가서 유건재가 섰던 그 장소에 똑같이 섰다.

유골함의 주인은 이강심이었다. 유골함 앞에는 '1971. 3. 21.~2018. 4. 8.'이라는 날짜가 기록되어 있었다. 이강심이라는 여성은 마흔여덟 살에 생을 마감했지만 유골함 앞에 놓인 사진은 대부분 20대에 찍은 것들이었다. 그중 한 장이 특히 용혜의 시선을 잡아끌었다.

1995년 7월 8일, 다섯 명의 젊은 여성이 '도신케미컬'이라고 적힌 회사 현판 앞에서 찍은 사진이었다. 무릎까지 오는 남색 스커트에 흰 블라우스를 입은 이강심은 동료들과 팔짱을 낀 채 환하게 웃고 있었다. 회사 이름이 잘 보이도록 찍은 구도로 보아, 그들에게 이 직장은 자부심의 대상이었던 듯했다.

용혜는 유건재가 음식점을 하기 전 화학 공장에서 일했다는 정보가 떠올랐다.

'도신케미컬…. 유건재의 과거 직장인가?'

납골당 관리인을 만나기 위해 잠깐 자리를 비웠던 승규가 관리인과 함께 돌아왔다.

"저, 이분 유족 연락처를 알고 싶은데요."

용혜의 요청에 관리인이 문서를 보더니 고개를 갸우뚱거렸다.

"여기 봉안하시고 안치 비용을 내신 분이 유족이 아니라 친구로 등록되어 있네요."

"친구요?"

용혜는 사진 속 다섯 명 중 이강심이 아닌 다른 여자들을 살폈다.

"혹시 그분 정보 좀 알 수 있을까요? 전화번호라든가…."

"죄송하지만, 아무리 경찰분이래도 개인 정보를 바로 알려 드리는 건 어렵고, 수사 협조 요청서나 공문을 가져오시면…."

절박한 표정의 용혜를 보고 있던 승규가 대신 앞으로 나섰다.

"저희가 지금 수사하는 게 실종 사건입니다. 수사 협조 요청서 필요하죠. 필요한데, 실종 사건을 수사할 때는 서류를 추후에 보내 드리기도 합니다. 급박한 건이라서요."

"아…. 그럼 믿고 알려 드리긴 하겠는데, 저희가 공립이다 보니까 확실하게 해야 돼요. 추후 공문은 꼭 보내 주셔야 해요."

"그럼요…. 저희도 공무원인데 그런 처리는 확실하게 하죠."

관리인은 너스레를 떠는 승규를 못 미더운 표정으로 보더니, 들고 있던 문서를 다시 살폈다.

"안치비랑 관리비를 내신 분이… 성함은 박유성이고 이게 전화번호입니다."

3장 붉은 반점

용혜가 해당 번호를 자신의 핸드폰에 저장했다.

"박유성이란 친구분은 여자분인가요, 남자분인가요?"

"글쎄요. 그거까진 저도…."

승규가 용혜의 어깨를 툭툭 치며, 관리인과의 대화를 마무리하자는 신호를 보냈다.

"유건재 통화 기록에 박유성이 있나 보자고."

용혜는 사진 속 다섯 명의 여자들을 다시 주의 깊게 살피곤, 핸드폰 카메라로 그들의 얼굴이 잘 보이도록 초점을 맞춘 뒤 사진을 찍었다. 이 다섯 명의 여자들 중 한 명이 박유성일 것이라는 직감이 들었다. 또한 박유성이 유건재와 이강심, 그리고 자신을 연결하는 고리일 것 같다는 예감이 들었다.

이강심의 사망 원인은 우울증으로 인한 자살이었다. 조울증과 조현병, 공황 장애가 동시다발적으로 이강심을 괴롭힌 것 같았다. 하지만 사망 보고서만으로는 이강심과 유건재의 관계도, 이강심이 어떤 사람인지도 알 수 없었다. 문서에는 단지 사망 원인, 사망 일시, 사망 장소가 건조하게 적혀 있을 뿐이었다.

승규가 사망 보고서에서 별다른 특이 사항을 발

견하지 못하고 퇴근한 뒤, 용혜는 이강심의 마지막 거주지이자 사망 장소로 혼자 향했다. 유건재가 죽기 전에 과거 직장 동료의 유골함을 찾아 잘못한 일을 사죄한 게 아니겠냐고 승규가 추측하자 용혜 역시 그럴 거라 생각했지만, 승규에게는 비밀로 하고 이강심에 대해 개인적으로 더 조사할 필요가 있다고 느꼈다.

이강심이 인생의 마지막을 보낸 곳은 '퍼스트'라는 이름의 허름한 고시원이었다. 명칭은 고시원이었지만 대부분의 거주자는 노인들이었다. 용혜는 고시원을 둘러보던 중 1층의 식당에서 나오는 고시원 사장을 마주쳤다.

"아, 403호 여자 알죠. 기억나죠. 미안한 말이지만, 사실 그 여자 말이지. 좀 끔찍했어."

고시원 사장은 손을 휙휙 내저으며 인상을 찌푸렸다.

"여기는 노인네들이 많고 그래서 내가 한 끼는 식당에 준비해 놔요. 간단히 밥이랑 계란이랑 국이랑 해서. 그 403호 여자도 삐쩍 말라서 건강이 좋질 않으니까 내가 밥도 챙겨 주고 그랬단 말이지. 가끔 안 먹을 때는 방까지 가서 먹을 걸 갖다주고 그랬어. 왜냐면, 좀 매가리가 없어서 그렇지… 그래도 굉장히 예의가 바른 사람이었거든. 착했어. 남한테 민폐 끼치며 사는 사람은 아니구나 싶었는데…."

"고인이 식사를 잘 못 하셨어요?"

용혜가 묻자, 고시원 사장은 난감하다는 표정을 지었다.

"근데 몸이… 건강이 나쁘니까 일을 못 했단 말이지. 고시원 월세 내면 수중에 가진 돈이 없는 거 같아서 끼니를 챙겨 주면, 그걸 잘 먹지도 않고 토하고 그랬는데…. 참, 내가 뭘 봤냐면 그날도 403호가 좀 식사를 할까 싶어서 내가 또 주방에서 이리저리 왔다 갔다 하면서 소화 잘되는 건강식으로다가…. 내가 아무렇게나 음식을 하는 게 아니라 건강을 생각해서 조미료도 적게 쓰고 그런단 말이지. 403호한테는 유독 신경이 쓰여서 이렇게 쟁반에 음식을 차려 가지고 그 403호 방으로 갔는데 방문 앞에서 뭔가 비릿한 냄새가 나는 거야. 그래서 방문을 살짝 열고 들여다봤는데, 아이구…."

고시원 사장은 끔찍한 거라도 목격했던 듯 인상을 썼다.

"아마 내가 말해도 여기 경찰 아가씨는 믿지도

않을 거요."

용혜는 설마 하는 마음으로 질문을 던졌다.

"먹으면 안 되는 거라도 먹었나요?"
"그게, 비둘기를 잡아다가 그냥 먹더라니까! 내가 비명에 비명을 지르고. 아휴 세상에! 미친 거지, 여자가."
"비둘기요?"
"그래, 살아 있는 길거리 비둘기를 죽여서 먹은 거야. 어휴 끔찍해라."
"그래서 어떻게 됐나요?"

고시원 사장은 율무 가루에 뜨거운 물을 부은 뒤 찻숟가락으로 휘휘 저어 용혜 앞으로 내었다.

"여긴 다 함께 사는, 공동생활 하는 곳인데…. 벽 너머로 전화 통화하는 소리도 다 들린다고. 근데 비둘기를 잡아먹는 사람이랑 어떻게 같이 살아. 끔찍해 미치지. 경찰에 신고는 안 힐 데니까 그냥 알아서 나가라고 그랬지. 나는 '안 나간다 버팅기면 어쩌나' 고민했는데 순순히 나간다고 해서 다행이다 생각했더니만, 며칠 있다가 그렇게 간 거야. 아휴… 미쳐."

용혜는 율무차 건더기를 내려다봤다. 율무차를 삼키는 일이 누군가에게는 흙을 삼키는 것과 같은

3장 붉은 반점

일이라고 말한다면 이 사람은 이해를 할까 싶었다.

"근데 그분 민폐도 안 끼치고 착했다면서요?"

용혜는 이강심을 두둔하려 했다. 그녀가 고시원에서 쫓겨난 이유를 이성적으로는 이해했지만 심적으로는 받아들이기 힘들었다.

"그게… 내가 일부러 그런 건 아닌데 다 소문이 나 가지고, 사람들이 무서워했지. 옆에 있는 것도 싫어하고. 내보낼 수밖에 없었어. 아휴. 경찰 아가씨도 생각을 해 봐! 아니, 벽 하나 두고 옆에 있는 사람이 비둘기를 잡아서 날로 먹으면 같이 살 수 있겠냐고!"

용혜는 사장에 말에 동조하듯 가만히 고개를 끄덕였지만, 마음은 여전히 불편했다.

"고인이 여기 살기 전에 어디서 뭘 하셨는지는 모르시고요?"

고시원 사장은 뭔가 생각하더니 입을 뗐다.

"아, 근데… 내가 나중에 생각해 보니까 뭔가 큰 일을 저질렀거나 그런 일의 관련자가 아닌가 싶어. 그 여자를 찾아온 경찰은 아가씨가 처음이 아니니까."

"다른 경찰이 왔어요?"

"언제더라. 403호가 여기 들어오자마자 꽤 나이

드신 남자 경찰이 찾아왔었지. 403호가 기겁을 하면서 화를 내길래 과거에 큰 죄를 지었나 싶긴 했는데… 내 생각이 맞지?"

용혜는 핸드폰에 저장된 유건재의 사진을 고시원 사장에게 보여 줬다.

"이분이 고인을 찾아왔던 적이 있나요?"

고시원 사장은 고개를 갸웃거렸다.

"이 남잔 아닌데…. 이 남자보다는 더 뭐랄까, 사람이 옹골차 보이고 머리가 세서 하얗고 그랬는데…. 같은 경찰이니까 그쪽이 더 잘 알지 않나? 아, 그 경찰 아저씨는 다리가 불편했던 거 같고… 걷는 게 영 이상했는데…."

용혜는 지난번 용구산에서 마주쳤던 백발의 남자를 떠올렸다. 자신과 오래전부터 아는 사이라고 석중에게 말했던 기분 나쁜 남자였다.

"아. 근데 403호 손에, 피부에 뭐랄까. 화상 입은 것처럼 좀 빨간 점들이 있었지. 원피스에 있는 도트 무늬처럼 빨간 동그라미들이 손에 있어 가지고 좀 이상하기도 그래서 내가 그건 뭐냐고 물어보니까, 예전에 세제 같은 거 만드는 공장에서 일하다가 피부병이 생겼단 말을 했었는데… 그것도 지금 생각하니 뭔가 좀 꺼림칙해. 만약에

3장 붉은 반점

옮는 거면 어떡해."

용혜는 잠시 생각에 잠겼다. 수중에 돈이 없어 지금처럼 고기를 살 수 없다면 자신도 강심처럼 비둘기를 포획하게 될까. 고시원 근처에는 유흥가가 있어 저녁 시간이 되자 퇴근하는 직장인들과 그들의 눈길을 끌려는 상인들로 북적였다. 용혜는 그 많은 시선을 피해 가며 강심처럼 행동할 자신이 없었다.

용혜는 보통 사람들이 혐오할 만한 식성을 가지고 있다는 자신과 강심의 공통점이 씁쓸했다. 그때 먼저 퇴근해 사무실로 돌아간 승규에게서 전화가 왔다.

"용혜야. 지난번에 유건재 딸 지현이가 너한테 말했다고 그랬잖아. 유건재가 사람을 죽였다고."
"네. 왜요?"
"그 박유성 건으로 유건재 통화 목록이랑 참고인 조사하던 봉준이 말로는 작년 12월 20일에 유건재가 장례식장에 다녀갔다네. 송채희라는 여자 장례식장이었다는데."
"송채희요? 그 여자 사인은요?"
"아. 근데 유건재가 사람을 죽인 건 아니야. 그 여자는 사인이 다발성 장기 부전인데… 그러니까 영양실조야."
"네? 영양실조요?"

용혜는 이강심의 유골함 앞에 놓여 있던, 1995년에 찍은 다섯 명의 여자 사진을 떠올렸다. 송채희가 그 다섯 명 중 한 사람이 맞는지 확인해야 했다. 그리고 승규나 수사팀장에게는 도저히 말할 수 없는 또 하나의 사실도 확인해야 했다.

송채희 역시 날것과 시신에 식욕을 느꼈는지를 말이다.

5

동요를 흥얼거리며 재현이 주택가를 어슬렁거리고 있었다. 이 주택가는 유독 건물 간 간격이 좁았다. 건물과 건물 사이로 사람 한 명이 지나가기도 힘들 만큼 빼곡했다.

새힌은 5층짜리 붉은 벽돌 빌라 앞에 섰다. "휴-" 한숨을 한 번 내쉰 그는 힘겹게 계단을 오르기 시작했다. 왼쪽 다리가 의족인 탓에 계단을 오르기가 쉽지 않았다. 계단 난간을 붙잡고 오른발을 먼저 올린 다음, 난간에 기댄 팔과 계단을 디딘 오른발의 힘으로 왼발을 끌어 올렸다. 그렇게 5층까지 올라와 천장의 CCTV를 살폈다. 가짜였다. 그저 생색내기용 장식물에 불과했다.

3장 붉은 반점

경찰이었던 시절, 이렇게 무용지물인 CCTV를 보면 얼마나 원망스럽고 화가 났던가. 하지만 지금은 쓸모없는 CCTV가 고마울 뿐이었다.

재현은 문자 메시지로 전달받은 501호의 도어록 비밀번호를 눌렀다.

삐익- 문이 열리는 소리가 났고 재현은 자연스럽게 501호로 들어섰다. 여기저기 책들과 빨래가 널려 있었지만 주방만큼은 깨끗했다. 그 사실을 확인한 재현의 입가에 희미한 미소가 걸렸다.

5층까지 올라오느라 힘을 꽤 쓴 재현은 거실 소파에 쓰러지듯 앉았다. 곧이어 집 안 구석구석을 둘러보았다. 여자 혼자 사는 평범한 집이었다. 정리정돈이 잘되어 있지 않아 오히려 집주인의 생활 패턴이 쉽게 읽혔다. 거실 장에는 가족사진들이 놓여 있었다. 사진의 수가 너무 많아 마치 집착적으로 늘어놓은 듯했다. 재현은 소파에서 일어나 사진 앞으로 가 허리를 숙여 자세히 들여다보았다.

용혜의 아버지 태용은 크게 이름을 떨치는 도예가는 아니었지만 주변 사람들에게 존경받는 사람이었다. 하지만 재현의 눈에 비친 태용의 내면은 자기혐오와 열등감으로 가득 차 있었다. 그저 가식적인 미소로 사람들을 속이고 있을 뿐이었다. 반면 용혜의 엄마 설선주는 쉽게 읽히지 않는 사람이었다. 아니 읽을 수 없는 사람이었다. 재현이 기억하는 선주의 대표적인 이미지는 공허한 눈빛과 억지로 지어낸 미소, 형식적인 대답으로만 일관하던 모습이었다. 생각도 감정도 없는 물체가 사람인 척하는 것 같았다.

2005년까지만 해도 재현은 용혜의 존재를 까마득히 잊고 있었다. 그런 재현에게 용혜에 대해 언질을 준 것은 유건재였다. 재현이 그 여자에게 다리를 물어뜯기기 몇 달 전, 여자는 이미 출산을 한 상태였다고 했다. 여자가 죽고 나서 보육원에 맡겨진 아이는 세 살 때 새로운 양부모를 만나 강화도에서 살고 있었다. 당시 재현은 저돌적이었다. 양부모에게 용혜 친모의 정체를 알리고 용혜를 격리하기 위해 곧바로 강화도로 향했었다.

태용과 선주는 자신이 입양한 아이의 친모가 어떤 사람인지, 아이가 어떤 유전자를 지녔는지 전혀 모르고 있었다. 재현은 그들에게 진실을 알리려 최대한 노력했다. 아이의 이상한 점을 부모가 아예 모를 리는 없다고 생각했다. 용혜에게 식인 유전자가 있다고 말하자 선주는 침묵했고, 태용은 폭발했다. "말 같지도 않은 소리를 지껄일 거면 꺼져!"라는 태용의 폭언에 재현은 어쩔 수 없이 발걸음을 돌려야 했다.

그 순간 선주가 재현을 불러 세웠다. 선주는 "우리 아이는 평범한 식사를 하고 또래 아이들처럼 친구를 좋아하는 평범한 아이예요. 그러니 다시는 여기 오지 말아 주세요. 만약에 또 오시면 그때는 경찰에 신고하겠습니다."라고 단호하게 말했다.

재현은 선주가 말한 '평범한 식사'라는 표현에 의미심장한 뉘앙스가 있음을 직감했다. 용혜는 절대 예사로운 음식을 먹는 아이가 아니다. 하지만 재현은 더 이상 용혜의 주변을 맴돌지 않았다. 엄연히 부모의 보호를 받고 있는 11세 여자아이를 몰래 납치해 격리할 방법은 없었다.

하지만 5년 뒤, 자신의 말에 그토록 분노하던 태용이 실종됐다는 소식을 듣고 나서는 생각이 달라졌다. 이후 성인이 된 용혜가 경찰의 길을 택했음을 알게 된 후에는 완전히 마음을 굳혔다. 공권력을 쥔 용혜는 어릴 때보다 훨씬 위협적인 존재가 되어 있었다. 재현은 용혜가 진정한 괴물로 변모해 가는 중이라고 확신했다.

사진 속에서 태용과 선주의 손을 잡은 채로 밝게 웃고 있는 어린 시절 용혜의 얼굴을 재현은 뚫어지게 바라보았다.

'어린 시절부터 연기하면서 살았구나. 평범한 사람인 척.'

거실 장에 놓인 대부분의 가족사진에서 용혜는 부모에게 매달리듯 안겨 있었다.

'이 사람들은 네 부모가 아니야.'

재현은 굽혔던 허리를 펴고 냉장고 문을 열었다. 냉장실의 생고기들을 확인한 뒤 주방을 둘러보았다. 그는 용혜의 동선을 머릿속으로 그렸다. 냉장고에서 고기를 꺼내 조리 없이 그대로 식탁에 앉아서 먹었을 것이다. 주방에는 별다른 조리 도구도, 그 흔한 소금도 없었다. 가스레인지는 불을 쓰는 집이라면 으레 있을 만한 얼룩 하나 없이 깨끗했다.

"여기 가스레인지 옆에 있는 차단기 근처에 설치할까요?"

뒤늦게 도착해 어느새 재현 곁으로 다가온 석중이 작은 카메라를 들고 재현에게 물었다.

"이 카메라에 아무것도 안 찍히면 전 바로 손 뗄 겁니다. 그래도 저한테 아무 문제 없는 거 맞죠?"
"카메라에 대단한 게 찍히면?"
"그러면 당연히 경찰에 신고하고…."

재현이 석중의 어깨에 손을 얹었다.

3장 붉은 반점

"아마 경찰에 신고하는 일은 자네가 안 해도 누군가 하겠지. 대단한 게 찍힐 거고, 자네는 그걸로 놀라운 다큐멘터리를 만들면 돼. 자네가 잃을 건 아무것도 없어."

재현의 말에 석중의 심장이 빠르게 뛰기 시작했다. 온전히 믿기는 어려웠지만 외면하기도 힘들었다. '저 사람의 말이 사실이라면? 그걸 내가 찍을 수만 있다면?' 이 가정이 석중을 흥분시켰다.

석중은 언젠가부터 카메라 뒤에 자신을 숨기는 데 익숙해져 있었다. 카메라는 석중의 내면에 쌓인 음습함을 배출하는 도구가 되어 버렸다. 석중은 용혜를 관찰하고 몰래 촬영하면서 용혜의 집 도어 록 비밀번호까지 알아냈다. 하지만 용혜의 집에 침입한 적은 없었다. 그런 짓은 범죄였다. 그런데 카메라를 들면 범죄의 경계선을 넘을 수 있었다. 카메라를 통과하면 비뚤어진 욕망도 작품이 된다고 석중은 믿었다.

재현의 지시에 따라 설치한 카메라는 정확히 식탁을 향했다. 재현이 원하는 건 단 하나의 장면이었다. 그 장면을 찍을 수만 있다면 자신이 용혜에게 발각되는 것쯤은 두렵지 않았다.

'사람이 아니야.'

사람이 아닌 것들의 사람 행세를 재현은 어떻게든 막고 싶었다. 조용히 지내던 것들이 조금씩 본색을 드러내기 시작했다.

무엇보다 재현을 크게 자극한 것은 용혜가 경찰이 되었다는 점이었다. 자신은 사람이 아닌 것 때문에 경찰복을 벗게 되었는데, 이제는 사람이 아닌 것이 경찰복을 입게 되었다는 사실에 충격을 받았다. 재현은 자신의 나태함을 질책했다. 좀 더 집요하게 적극적으로 나서지 못해 그것들이 활개를 치게 된 것이라며 자책했다. 재현은 성포산 부부 사건 역시 그것들의 소행이라고 확신했다. 재현이 보기에 사람들은 지나치게 아둔했다. 이 세상은 어린아이의 손을 잡고 마음 편히 외출할 수 있을 만큼 안전한 곳이 아니었다.

그 진실을 자신만이 안다는 사실이 답답했지만, 한편으로는 진실에 접근할 수 있는 사람이 자신뿐이라는 생각에 벅찬 감동이 밀려왔다. 재현은 스스로가 선택받은 사람이라 믿었다.

재현의 집은 재개발을 앞둔 주택가에 있었다. 마치 시간의 흐름이 멈춘 듯한 동네였다. 간판만 남겨둔 채 문을 닫은 가게들이 늘어서 있었고, 동네 초입은 거주민이 퇴거를 마친 빈집들로 가득했다. 재

3장 붉은 반점

현은 4층 맨션의 1층에 살고 있었다. 이 맨션은 재개발 호재를 노린 외지 투자자들이 매입한 곳이라, 실제 거주자들은 대부분 저렴한 월세를 찾아 온 사람들이었다. 재현도 마찬가지였다. 집주인은 보증금이나 월세는커녕 어떤 세입자가 사는지조차 관심이 없는 듯했다.

금방이라도 무너질 것 같은 외관과 달리 재현의 집 내부는 놀랄 만큼 깔끔했다. 세월의 흔적을 완전히 지우진 못했지만 새로 도배하고 장판을 깐 뒤 물건들을 정갈하게 정리하니 아늑한 공간이 되었다.

재현은 생활 규율을 스스로 정해 철저히 지키는 사람이었다. 매일 새벽 5시에 일어나 한 시간가량 산책을 했다. 의족을 달지 않은 오른쪽 다리와 상체의 근육을 강화하기 위해 아침마다 근력 운동을 한 뒤 하루 종일 일했다. 평일에는 물류센터에서 지게차를 운전하며 하루에 15만 원쯤의 돈을 벌었고, 휴일에는 군인협회의 총무로서 입출금되는 돈을 정리하며 월 70만 원을 받았다. 그 돈이면 한 달을 사는 데 무리는 없었다. 하지만 여유 시간이 없다는 점이 문제였다.

조금의 틈만 생기면 재현은 홀로 괴물을 쫓았다. 평범한 사람들 사이에 괴물이 섞여 살고 있을 거라 의심하는 이는 아무도 없었다. 오직 재현만이 그 진실을 알고 있었다. 그러니 재현이 추적해야 했다.

재현은 회사에서 자신을 담당하는 매니저에게 전화를 걸었다. 40대 후반의 매니저는 이번에 재현이 쓴 일주일의 휴가에 불만을 크게 드러냈다.

"안녕하세요, 이재현입니다."
"네. 재현 님 낼모레부터 다시 출근하시죠? 제가 보낸 안내 메일은 읽으셨어요? 저희 팀 일사분기 업무 평가 시작한 거 아시죠. 메일로 보낸 문서에 올해 업무 목표와 태도 개선 방향 적어서 저한테 낼모레까지 제출하셔야 해요."
"그건 제출 못 할 거 같습니다."
"네? 아니, 재현 님. 못 한다니요. 그거 안 하시면 업무 평가 최악으로 받는 거 모르세요?"
"알죠. 알다마다요. 그런데 이제 업무 평가 받을 일이 없을 거 같습니다. 그만 다닐 예정입니다. 그깟 매니저 직함 하나 달았다고 팀원들한테 뭐라도 된 양 지껄이지 말고 당신 업무 평가나 제대로 하라고 충고할 생각으로 전화했소."
"네?"

황당해하는 매니저의 목소리를 뒤로한 채 재현은 전화를 끊어 버렸다. 생계를 위해 10년 넘게 일해 온 곳이었지만, 매 순간 부당한 대우를 받고 있다고 느꼈다. 거만하고 우둔한 매니저와 온갖 핑계

3장 붉은 반점

로 거짓말을 일삼는 동료들 사이에서는 일에 대한 자부심을 찾을 수 없었다.

"더 옆으로! 부서지지 않게 안전하게!"

아까부터 창밖으로 누군가 계속 소리를 쳤고 차량의 시동을 거는 소리가 이어졌다. 재현이 창문을 열어 확인해 보니, 옆 건물 사람들마저 퇴거를 시작한 모양이었다. 재현은 자신도 곧 이 집에서 퇴거해야 한다는 걸 알고 있었다. 현재 가지고 있는 보증금으로 이사할 만한 집이 있을지 막막했다. 이렇게 상황이 힘겨워질 때면 재현은 자신의 존재 가치를 되새겼다. 세상 사람들이 알지 못하는 진실을 추적하고 있다는 사명감을 더 견고하게 다졌다.

재현은 검은색 수첩을 꺼냈다. 그 수첩에 적힌 몇몇 사람의 이름 위로 빨간 줄이 그어져 있었다.

이금주, 최유정, 송채화, 어강심, 김관.

재현은 김관이라는 이름을 다음 장에 다시 적었다. 그리고 그 이름 옆에 새로운 이름들을 더했다.

김관, 우희영, 주용혜.

그는 '어떻게 잡을 것인가?'라고 썼다가 지우고 다른 문장을 적었다.

'어떻게 드러낼 것인가?'

재현이 바라는 건, 그들의 존재를 세상에 폭로하고 잃어버린 자신의 명예를 되찾는 것이었다. 괴물에게 희생당한 왼쪽 다리는 이제 명예로운 훈장이 되어야만 한다고 생각했다.

6

송채희는 1976년생으로 결혼하지 않았으며, 죽기 전까지 가족과 주기적으로 교류를 하며 지내 왔다. 40대의 여성이 영양실조로 사망하는 일은 매우 이례적이라 경찰은 송채희의 사망에 대해 수사한 기록을 남겼다.

용혜는 송채희의 사망 당시 기록을 살폈다. 송채희는 셀렉사와 렉사프로, 웰부트린과 심발타 등 다양한 종류의 항우울제를 복용하고 있었다. 그녀가 살던 원룸은 사진으로만 봐도 그야말로 '지옥도' 같았다. 온갖 쓰레기와 물건들이 방 안 가득 쌓여 있어, 한 사람이 들고 나는 것조차 힘겨울 듯했다.

송채희의 사망 관련 보고서를 작성했던 담당 경찰관은 송채희의 죽음이 자신이 목격한 가장 끔찍한 죽음이었다고 했다.

3장 붉은 반점

"보통은 쓰레기를 쌓아 두니까… 그런 집에는 온갖 벌레들이 득시글거리긴 하는데 거기는 벌레보다 악취 문제가 훨씬 더 심각했어요. 고인이 생전에 먹고 토하고를 반복해서 그 토사물이 썩는 냄새에 시취까지 더해지는 바람에 가관이었어요. 고인 주변으로 토사물이 잔뜩 있었다니까요. 고인의 시체가 12월에 발견됐는데, 그전에도 악취 때문에 신고가 많았어요."

용혜는 그 말을 듣고 물었다.

"고인은 평상시 사회적인 활동을 전혀 하지 않았나요?"

"참 알 수가 없는 노릇인 게, 고인이 사망 직전까지도 가족과 연락을 했어요. 고립된 사람은 아니었어요. 쓰레기를 보니까 이런 생활을 한 지가 몇 년은 된 거 같던데, 가족들은 전혀 몰랐다고 그래요. 그냥 애가 점점 말라 간다고만 생각을 했대요. 항상 송채희 씨가 가족들 집에 갔지 가족들이 송채희 씨 집에 온 적은 없어서 집 상태가 이런 줄 몰랐다고 하더라고요."

옆에서 관련 자료를 살피던 승규가 유건재의 사진을 송채희 담당 경찰관에게 내밀었다.

"저희가 찾는 실종잔데요. 실종 전에 송채희 씨

장례식장에 방문했었고, 그때 심경의 변화가 있었던 거 같아요. 그래서 송채희 씨 가족들을 좀 만나 보고 싶은데요."

경찰관은 유건재의 사진을 살펴보더니 흔쾌히 허락했다.

"그러세요. 저랑 같이 방문하시죠."

송채희의 가족은 아버지와 오빠가 전부였다. 송채희가 일곱 살이 채 되기도 전에 어머니가 암으로 사망한 뒤, 아버지 혼자 남매를 키웠다. 오빠가 결혼을 하면서 독립한 뒤로, 송채희는 도신케미컬에 입사하기 전까지 5년간 아버지와 둘이 살았다.

자신의 집은 쓰레기장으로 만들었던 송채희가 종종 아버지 집에 들러서 한 일은 뜻밖에도 청소였다. 거동이 편치 않은 아버지를 위해 분리수거와 욕실 청소를 하고 몇 가지 반찬을 사서 냉장고를 채워 놓곤 했다. 낡은 주택이었지만 깔끔하게 정리된 송채희 아버지, 송재각의 집을 보니 용혜의 마음은 착잡해졌다.

거실 벽면 한가운데는 최근에 찍은 듯한 가족사진이 걸려 있었다. 그 사진 속 송채희는 나이보다 어려 보이는 귀여운 외모를 화려한 화장으로 치장

3장 붉은 반점

하고 환하게 웃고 있었다. 용혜는 이강심의 유골함 앞 사진 속에 있던 다섯 명의 여자 중 가장 앳되어 보였던 여자가 송채희일 거라고 짐작했다. 가족사진을 유심히 살피다 보니 문득 송채희의 손이 시야에 들어왔다. 다른 곳에 비해 유독 붉게 보였다.

"나는 아직도 우리 딸이 영양실조로 죽었다고 생각하지 않아요. 저기 냉장고 열어 봐요. 저기 음식들, 바로 한 달 전에 우리 딸이 채워 놓은 거요. 그리고 우리가 가난하다고 해도 굶어 죽을 정도로 돈이 없는 건 아니오. 아니 무슨 요즘 같은 때 영양실조가 말이 되오? 우리가 없이 살아서 그냥 대충 무마하려는 거 나도 다 알고 있수다!"

"네. 네. 아버님 심정 이해합니다."

송재각은 분노가 쌓인 표정으로 담당 경찰관을 바라봤다. 담당 경찰관은 송재각의 억울함을 무미건조하게 받아칠 뿐이었다. 송채희의 오빠 송범기가 일을 마치고 귀가하자, 승규가 유건재의 사진을 송범기에게 내밀었다. 여든이 넘은 송재각보다는 50대의 송범기가 장례식장에 온 조문객을 더 선명히 기억할 수 있을 것 같았다. 송범기는 동생의 죽음이 아니라 실종된 조문객 때문에 경찰이 방문했다는 사실에 실망감을 드러냈다.

"글쎄요…. 이 사람 이름이 뭐라고요?"

송범기는 유건재라는 이름을 듣고 잠시 무언가 생각하더니 자리에서 일어섰다.

"잠깐만요."

이내 그는 작은방에서 조문객 명단을 적어 놓은 종이를 가져왔다.

"유건재… 유건재…."

명단을 훑던 송범기의 손이 어느 순간 멈췄다.

"여기 있네. 맞아요. 도신케미컬에서 같이 일했던 사람이네요."
"기억나세요?"
"아, 이 사람 기억해요."

송범기는 얼굴을 찌푸리며 과거를 더듬었다.

"제가 이 사람, 수사해 달라고 그랬었잖아요! 생각 안 나요?"

그러고는 갑자기 언성을 높이며 남당 경찰관을 추궁했다.

"이 사람이 장례 둘째 날에 왔어요. 어떻게 연락을 받고 왔는지는 모르겠는데 우리 채희 사진 앞에서 울었어요. 이상하잖아요. 채희보다 훨씬 나이 든 남자가 가족도 아닌데 찾아와서 우는 게…. 처음에는 회사 사람인 줄도 몰랐던 게, 도신케미

3장 붉은 반점

컬은 채희가 고등학교 졸업하자마자 2년 정도 다니고 그만둔 회사예요. 워낙 오래전 인연이니까 그때 동료들은 아무도 조문을 안 왔거든요. 근데 그 남자가 와서는 미안하다고 하면서 울길래 제가 뭐가 미안하냐고 물었더니, 자기가 채희를 죽인 거라고 했어요."

"유건재 씨가 송채희 씨를요?"

용혜가 확인하듯 물었다.

"네. 그래서 제가 경찰한테 유건재 씨 조사해 달라고 했는데, 유건재 씨는 채희 집 근처에도 온 적이 없대요. 둘이 특별한 관계였던 게 아니래요. 근데 갑자기 채희 장례식에는 왜 왔냐는 거예요."

용혜가 거실에 걸린 가족사진을 가리켰다.

"송채희 씨한테 아토피 같은 게 있었나요?"

송범기는 용혜의 손끝을 자세히 보지 않고도 채희의 붉은 손에 대해 말하는 것이려니 짐작했다.

"채희한테 병이 있었던 거 같은데 그래서 뭘 통먹지를 못했거든요. 거식증 같은 거라고 해야 하나. 다 그 회사 때문이에요. 도신케미컬. 거기서 일하면서 아무래도 약품 같은 거에 노출이 되다 보니까… 부작용이 온 거죠. 도신케미컬 다닐 때

채희 몸이 건조해져서 항상 로션을 많이 바르고 다니고 그랬는데 손을 특히 많이 긁었던 거 같아요. 가려워서 잠을 못 잘 때도 있었을 정도로….”

분노를 드러내며 송범기가 말을 이었다.

“그러니까 우리 채희는 도신케미컬한테든 유건재한테든 타살된 거라고요. 도신케미컬 새끼들이 산재로 인정해 주기 싫으니까 뭐라고 했는 줄 압니까? 저 붉은 반점이 유전된 거 아니냐고 했어요. 죽은 울 엄마한테 물려받았을 수도 있지 않냐고! 개 씹할 쌍놈들!”

용혜는 다섯 명의 여자가 함께 찍은 사진을 송범기에게 내밀었다.

“혹시 이분들 아세요?”
“어, 이거 우리 채희 맞아요. 95년도면 도신케미컬 다닐 때네요.”
“그럼 이분은 아세요?”

용혜는 이강심을 가리켰다.

“아니요. 본 적 없어요.”

송범기는 다시 사진을 유심히 보더니, 제일 키가 큰 여성을 가리켰다.

“아! 이 사람도 장례식장 왔었어요. 나이가 들어

서 얼굴이 좀 바뀌었지만 기억해요. 키가 컸고, 여기 눈매가 똑같네요."

평범한 단발머리를 하고 청바지에 하늘색 티셔츠를 입은 여성이 사진 속에서 환히 웃고 있었다.

"이분 성함은 기억하세요?"
"글쎄요. 근데 유건재가 이 여자랑 얘기했었어요. 이 여자를 전부터 알고 있는 것 같았어요."

송범기와 경찰들이 이야기하는 동안에도, 송재각은 핸드폰에서 무언가를 부산스럽게 한참 찾고 있었다.

"아버님, 뭐 찾고 계세요?"
"잠깐만… 가만 가만…. 여기 있다!"

송재각이 내민 사진 속 남자는 재현이었다.

"이 사람, 누군지 아시오?"
"이 사람은 왜요?"
"예전에 날 찾아와서는 내가 무얼 먹는지 궁금해하고, 우리 딸 채희를 조심하라고 그러고, 죽은 우리 마누라에 대해서도 너무 이상한 걸 물어서 내가 이 사람과 싸웠다오. 거의 몸싸움까지 하다가 신고하려고 이 사진을 찍은 건데, 경찰한테 보여 줬더니 사진만으로는 사람을 찾을 수 없다나 뭐라나…. 큰 싸움도 아니었으니까 그냥 넘어갔는데… 우리 채희가 죽고 나서, 나는 이 사람이 자꾸 떠오르고 기이한 기분이 들어서 말이지."

송범기도 재현에 대한 이야기를 덧붙였다.

"아! 이 미친 사람! 이 사람 옛날에 경찰이었다고 하던데. 이름이 이재현이라 그랬나? 너무 무례한 질문들을 하더라고요. 어머니가 돌아가셨을 때 시신이 온전했냐? 관 뚜껑 닫을 때까지 온전한 걸 확인했냐? 암 때문에 가신 게 맞냐? 어머니가 생전에 음식을 먹는 걸 봤냐? 이런 걸 물어서… 참 나."

용혜는 송범기의 이야기를 주의 깊게 들었다.

"이재현, 이 남자에 대한 다른 정보는 생각나는 거 없으시고요?"

송재각이 무언가가 떠오르는지 아들을 붙잡고 물었다.

"경찰이 그 당시에 뭐라고 그러지 않았냐?"

"아! 나중에 알고 보니 그 미친놈, 살인자였어요. 우리 채희랑 같이 일하던 동료를 죽인 놈이라고 그랬었잖아요. 그래서 그때 제가 경찰에 신고하고 난리를 부려 가지고 다시는 못 봤어요. 우리 채희 장례식장에서도 못 봤고."

용혜는 재현이 송채희의 가족들에게까지 무엇

을 먹는지에 대해 물어본 점이 걸렸다. 자신과 비슷한 습성을 가진 사람들이 또 있었고 재현은 그걸 알고 있어야만 가능한 추궁을 했다.

"송채희 씨하고 같이 식사하신 적 있어요?"

용혜의 질문에 송범기는 벙찐 표정을 지었다.

"네? 일단 저희 어머니는 문제없었고요. 그리고 채희는… 채희도…."

송범기는 뭔가 생각하더니 입을 닫았다.

"내가 이놈과 싸운 게 채희가 시체를 먹었냐고 물어봐서…. 뭐 이런 미친놈이 다 있는가 하고 컵을 던지면서 싸운 거요."

송재각도, 아들 송범기도 재현을 떠올리는 것만으로 몸서리를 쳤다.

"이놈이 아마 우리 채희를 계속 따라다니면서 괴롭혔을 겁니다. 채희가 노이로제에 걸렸을 거예요. 그러니까 그렇게 죽기 전까지 우울증 약만 먹어 대고!"

분노로 목소리를 키우던 송재각은 끝내 흐느끼기 시작했다. 더 이상 유건재와 송채희에 대한 대화를 이어 갈 분위기가 아니었다.

용혜와 승규는 송재각의 집을 나서면서 유건재의 부인인 이원실에게 전화를 걸었다.

"혹시 부군께서 예전에 근무하시던 화학 공장이 도신케미컬인가요?"

이원실은 핸드폰 너머에서 어… 하고 잠시 머뭇거리더니 말을 이었다.

"네. 아마 2007년까지 근무했을 거예요. 본인이 관둔 건 아니고 그때 정리 해고를 당했어요."
"아. 언제부터 다니셨던 거죠?"
"글쎄요. 결혼하기 훨씬 전부터 다닌 걸로 아는데 저희가 결혼을 2004년에 했거든요. 언제부터 다녔는지는 잘 모르겠어요."

이원실에게 용혜가 다시 물었다.

"혹시 1995년, 이때도 다니셨을까요?"
"네. 아마도요. 저희 결혼할 때 20년 근속 기념품이랑 휴가가 나왔으니까 그 이전부터 다녔던 거 같아요. 왜요? 저희 남편 실종과 그 회사가 관련이 있나요?"

유건재 부인의 질문에 용혜는 선뜻 대답을 하지 못했다. 함께 수사 중인 승규도 용혜가 유건재의 과거에 대해 왜 물어보는지 이해하지 못했다. 승규는 유건재가 어디로 향했고 현재 어디 있는가에 수사

3장 붉은 반점

의 방향을 맞춰야 한다고 강조했다.

용혜는 송채희와 이강심, 그리고 자신을 연결 짓는 공통점을 떠올리고 있었다. 어쩌면 송채희와 이강심은 자신과 같은 부류의 사람들이었을지도 모른다. 유건재가 사과했던 대상의 몸에 공통적으로 붉은 반점이 있었다는 사실이 갈수록 더 중요하게 느껴졌다. 1995년에 찍힌 사진 속 다섯 명의 여성들이 모두 같은 부류일 가능성이 있다는 의심과 그에 따른 호기심이 용혜의 머릿속을 가득 채웠다.

"저 아저씨, 지금은 저렇게 딸에 대해서 애절하게 얘기하지만 실제로는 폭군이었다고 하더라고요."

경찰서로 복귀하던 중, 담당 경찰관이 송채희의 아버지 송재각에 대한 소문을 들려주었다.

"송채희 씨가 열아홉 살 때 도신케미컬에 입사한 이유가, 회사 기숙사에 들어가면 아버지한테서 도망칠 수 있기 때문이라고 들었어요. 가족들은 남 탓을 하지만 사실 송채희 씨 우울증의 가장 큰 원인은 가족들이지 싶어요."

담당 경찰관의 이야기에 승규와 용혜는 별다른 반응을 보이지 않았다. 다만 용혜는 이야기를 속으로 곱씹으며 생각에 잠겼다. 송채희가 쓰레기 더미

속에서 살고 있었다는 사실을 아무도 몰랐다는 점이 용혜에게 강렬하게 다가왔다. 가족이 있었음에도 불구하고, 송채희는 홀로 외딴섬 같은 집에서 살았다.

용혜는 송채희의 일상을 상상해 봤다. 그 고립된 공간에서 송채희는 배달 음식을 시켜 먹고, 토하고, 또다시 그 음식을 먹었을 것이다. 어쩌면 송채희는 희망을 품었을지도 모른다. '평범한' 사람들이 먹는 음식을 자신도 먹을 수 있을 거라는. 그러나 그 기대는 끝내 현실이 되지 않았다. 먹고, 토하고, 혐오하며 음식과 반복해서 싸움을 이어 가다가, 송채희는 자신에게 맞는 음식을 끝내 먹지 못한 채 영양실조로 사망했던 것이다.

문주서에 도착한 승규와 용혜는 바로 실종수사팀의 회의실로 향했다. 여느 때처럼 새로 업데이트된 실종자 DB 현황이 스크린에 떠 있었고, 화이트보드에는 신규 사건 정보들이 빼곡했다. 기계적으로 내용을 살피던 용혜는 유건재 사건과 관련한 내용이 현황판에 없다는 걸 발견했다.

"치매 노인 건은 승규랑 용혜가 지구대와 합동 수색 들어가고, 미귀가 청소년은 봉준이랑 대현이가…"

3장 붉은 반점

"팀장님."

용혜가 팀장의 말을 끊고 일어났다.

"유건재 건은?"

얼마 전까지만 해도 팀장은 유건재 사건에 집중하라고 주문했다. 달라진 상황에 당황한 용혜가 어찌 된 일인지를 묻자, 창수 팀장은 손에 들고 있던 서류철을 내려놓았다.

"저번에 산에서 핸드폰 발견된 이후로 진척된 거 뭐 있어?"

"용구산 입산 이후 행적은 뚜렷하게 나오지 않았고요. 그 이전 행적들 위주로 수사 중인데, 참고인들의 통신 기록이랑 신용 정보를 조회해 봤지만 특기할 만한 사항은 아직 없습니다."

승규가 답하자, 팀장이 다시 서류철을 훑어보며 말했다.

"이 건은 광역으로 보내는 걸로 해. 실종 발생한 지 한 달이 다 돼 가고, 두 개 이상의 관할서가 걸려 있어서 우리가 계속 진행하기 힘들어. 수사 진행 보고서랑 이첩 건의서 작성해서 올린 다음에 넘겨."

광역수사대로 이첩되는 순간 용혜의 팀은 주도권을 넘길 수밖에 없고, 그 뒤로는 공조 형태로만 수사에 참여할 수 있게 된다. 자체 수사를 진행할 권한이 없는 사법 경찰리인 용혜가 상관인 승규에게 보고하지 않고 개인적인 동기로 이 사건을 파고드는 건 더욱 어려워진다. 용혜는 이후의 회의 내용에 집중할 수 없었다. 유건재의 실종 사건은 용혜 자신의 정체성과 연결된 사건이기도 했기에, 수사 권한을 잃었다고 해서 손을 놓을 순 없었다.

어느새 저녁 시간이 되었고, 사무실은 빠르게 비어 갔다. 용혜는 혼자 책상에 앉아 서류를 보고 있었다. 컴퓨터 화면에는 이첩 건의서와 수사 진행 보고서, 증거 목록 등 유건재 실종과 관련한 서류들이 어지럽게 떠 있었다. 용혜는 잠시 고민하다가 빈 양식 파일 하나를 띄웠다. 휴가 신청서였다. 사유란에는 '개인 건강 문제'라고 적었다.

실종 사건은 시간과의 싸움이기에 담당 사건이 새로 떨어지는 순간부터는 다른 일을 알아볼 시간이 없어진다. 용혜는 유건재 사건을 마무리해야 했다. 하지만 일반적인 수사를 할 때처럼 모든 과정을 투명하게 기록하고 공개적으로 드러낼 자신이 없었다.

용혜는 경찰청 내부망에 접속해 인사 기록 조회 화면을 열었다. 이재현, 1996년 경위 파면. 참고인

이금주 사망 사건과 관련한 강압 수사가 원인이었다. 용혜는 젊은 시절의 이재현을 담은 사진을 오래 들여다보았다. 나이 든 이재현의 모습은 낯설었지만 젊은 시절의 모습은 어딘가 낯익었다.

용혜는 핸드폰 사진첩에 저장해 둔 다섯 명의 여자 사진으로 시선을 돌렸다. 1995년 7월, 도신케미컬 앞에서 사진을 찍은 여자들 중 긴 파마머리를 하나로 묶고 원피스를 입고 있는 여성의 배가 눈에 들어왔다. 불룩하게 튀어나온 배를 보고 있던 용혜는 기분이 이상해졌다. 용혜의 생일은 1995년 12월 18일이었다. 불현듯 심장이 빠르게 뛰기 시작했다. 사진 속 여성은 당시 임신 중이었던 듯했다. 어쩌면 이재현에게 살해당한 이금주가 이 여성이며, 용혜 자신의 친모가 아닐까 하는 생각이 들었다.

"주 경사님!"

갑작스러운 부름에 용혜는 인사 기록 조회 창을 서둘러 닫았다. CCTV 분석 지원 작업을 하던 김민호 순경이 노트북을 들고 들어왔다.

"주 경사님, 유건재 씨요. 12월 26일 용구산에 오후 5시 넘어서 입산하기 전까지 이동 기록이 비어 있었잖아요. 그거 저희가 버스 시간표부터 다시 보면서 경로를 추적해 봤거든요. 블랙박스까지 확인하고요. 영상을 훑다가 유건재가 오후 1시에, 택시를 타고 여기서 내리는 걸 봤어요."

김 순경이 보여 준 것은 교회 CCTV 화면이었다. '성락교회'로 들어오는 유건재의 앞모습이 찍혀 있었다.

"이 교회는 CCTV 기록을 한 달 넘게 남긴다고 하더라고요. 작은 마을에 있는 교회라 그 앞에서 사고가 많이 생겨서요. 얼마나 다행인지."

용혜는 잠시 유건재의 종교가 기독교였던가 생각했다. 용구산으로 들어가기 전에 근처 교회에서 마지막으로 기도를 하려 했던 걸까.

"그럼 이 교회를 나와서 바로 용구산으로 간 거예요? 교회 나오는 것도 CCTV에 찍혔고?"
"네. 3시까지 교회에 있었어요."
"고마워요. 보고서에 올릴게요."
"예?"

용혜의 반응이 의외라는 듯 김 순경은 벙찐 표정을 지었다.

"왜요?"
"주 경사님. 모르세요?"
"뭘요?"

김 순경은 핸드폰으로 뭔가 검색하기 시작했다.

3장 붉은 반점

그리고 용혜 앞에 기사를 내밀었다.

"이 교회 목사님이, 성포산 사건 피해자예요."

기사 제목은 '성포산에서 짐승에게 습격당한 40대 목사'였다. 성락교회는 얼마 전 성포산에서 희생된 우현기가 목사로 있던 교회였다.

유건재는 용구산에서 사라졌다. 유건재가 입산한 날은 12월 26일이었고, 성포산 사건은 이듬해 1월 4일에 일어났다.

'유건재와 성포산 사건 사이에 어떤 연관성이 있는 걸까?'

용혜는 성포산 피해자가 짐승에게 습격당한 것 같다고 추측하는 그 기사를 읽으며 살아남은 아이와 부인을 떠올렸다.

'유건재가 성락교회를 방문한 건 또 누구에게 사과하기 위해서였을까?'

다시 정리해야 했다. 유건재와 이강심과 송채희, 그리고 용혜 자신과 성포산 사건과 도신케미컬에 대해서.

용혜의 몸에 퍼져 있는 붉은 반점이 가려워지기 시작했다.

7

석중은 노트북 화면을 보고 있었다. 작은 원룸에는 맥주병과 그동안 시켜 먹은 배달 음식들이 정리되지 않은 채 널브러져 있었다. 석중은 재현과 함께 용혜의 집에 카메라를 설치한 이후, 혼자 있을 때마다 그 카메라를 통해 용혜를 지켜보는 일에 집착했다. 잠을 자다가도 움직임이 감지됐다는 알람이 들리면 바로 일어나 핸드폰으로 용혜의 모습을 확인했다. 주방에 설치한 카메라의 화각이 아쉬웠다. 석중은 용혜를 더 오래 관찰하고 싶었고 용혜에 대해 더 많이 알고 싶었다.

용혜가 일주일간의 휴가를 신청했다는 걸 알고도 석중은 그리 아쉬워하지 않았다. 제이앤씨 프로덕션의 촬영은 곧 마무리될 예정이었고, 평상시 같으면 아마 용혜와 제대로 된 인사도 못 나눈 채 헤어져야 했을 거다. 촬영이 끝나면 개인적으로 연락하며 지내기가 어려울 거라 생각했다. 하지만 이제는 카메라로 혼자인 용혜를 관찰할 수 있게 되었으니 오히려 잘된 셈이었다. 사무실에서 보는 것보다는 카메라를 통해 보는 용혜야말로 진짜 용혜라고 생각했다.

석중이 처음 카메라를 들고 문주서를 방문했을

때, 그곳에서는 수사 도중 순직한 경찰의 추모식이 열리고 있었다. 홍보팀은 이왕 홍보 영상을 찍기로 했으니, 추모식도 스케치 영상으로 담아 달라고 부탁했었다. 석중은 그날 제복을 입은 용혜를 처음 마주하고 인사했다.

단발머리를 아무렇게나 하나로 묶은 채 남자 같은 어투로 말하기는 했지만, 용혜의 얼굴은 앳된 여자아이 같았다. 용혜는 석중이 신기한 존재이기라도 한 것처럼 큰 눈으로 빤히 쳐다보며 관찰했다. 석중 역시 타인을 관찰하는 게 익숙한 사람이었지만 자신이 관찰당한다는 생각이 들자 상대방에게 호기심이 생겼다. 용혜는 쉽게 다가가기 힘들 것 같은, 신비로운 인상을 가지고 있었다. 용혜를 만난 이후로 석중의 일상에는 생기가 돌았다. 용혜의 모든 것이 궁금했다.

그래서 석중은 용혜의 진짜 모습을 볼 수 있을 거라는 생각에 재현의 제안을 무턱대고 받아들였다.

'사람이 아니다'.

재현은 용혜를 두고 그렇게 말했다. 그럼 외계인이라도 된다는 얘긴가 싶었지만 재현은 용혜가 사람도 아니고 짐승도 아닌 존재라고 했다. 자신을 도와 용혜를 관찰하고 촬영하면 굉장히 재미있는 걸

볼 수 있을 것이고, 그걸 잘 편집해 공개하면 꽤 큰 성공이 찾아올 수도 있다고 재현은 석중을 설득했다. 석중은 '성공'이라는 말에 혹했으면서도 짐짓 흥미 삼아 재현의 일에 동조하는 척했다. 그 편이 자존심이 덜 상했다.

용혜를 관찰하는 날이 길어질수록 석중은 재현의 말을 점점 더 신뢰하게 되었다. 용혜는 주전부리를 하지 않았다. 게다가 식당에서 같이 식사를 하고 나면 어김없이 화장실에서 구토를 했다. 하지만 재현이 말한 '재미있는 장면'은 아직 발견하지 못했다.

"움직임이 감지됐습니다."

노트북에서 알람이 울렸다. 퇴근한 용혜가 지친 기색으로 집에 들어왔다. 석중은 바로 의자에 앉아 노트북 화면에 집중했다. 용혜는 냉장고에서 뭔가를 꺼내 식탁에 앉았다. 포장용 랩을 벗겨 낸 생고기였다. 석중은 용혜의 모습을 확대했다. 용혜는 허겁지겁 생고기를 먹고 있었다. 먹고 나서 토하지도 괴로워하지도 않았다.

석중은 재현의 제안을 받아들이긴 했지만 그의 말을 완전히 믿지는 않았다. 하지만 용혜가 생고기를 먹는 모습을 보니, 재현의 이야기가 사실일지도 모른다는 생각이 들었다.

3장 붉은 반점

'사람도 아니고 짐승도 아니기 때문에 인육을 먹을 수 있는 존재'.

석중의 심장이 갑자기 거세게 뛰기 시작했다. 어쩌면 대단한 걸 찍을 수도 있겠다는 기대가 부풀어 올랐다. 그제야 석중은 깨달았다. 자신은 대단한 걸 찍어 성공하고 싶어 하는 사람이고 그 기회가 자신에게 왔다는 것을. 그리고 용혜는 일찍이 알아본 대로 굉장히 특별한 사람이었다는 걸.

8

용혜는 자신이 평범한 사람이길 누구보다도 간절히 바랐다. 강화도에서 초등학교와 중학교를 다니던 시절에는 친구들 사이에서 꽤 인기가 많았다. 뛰어난 성적과 운동 실력 덕에 친구들은 자연스럽게 용혜를 중심으로 모여들었다. 멀리서 보면 친구들이 용혜를 선망하고 따르는 것처럼 보였지만, 실상 용혜는 친구들의 말투와 몸짓과 표정 하나하나를 끊임없이 세밀하게 관찰하고 있었다. 어린 시절에 친구의 행동을 살피고 따라 하는 건 당연한 일로 여겨질 수 있으나, 용혜가 친구들을 모방하려는 심리의 기저에는 큰 두려움이 자리 잡고 있었다.

용혜는 자신이 남들과 다르다는 사실이 발각되는 순간 완벽한 고립이 찾아올 것이라는 공포에 시달렸다. 용혜는 자신의 몸을 볼 때마다 친구들과 자신의 '차이'를 상기해야 했다. 배와 등을 뒤덮은 붉은 반점들은 매년 점점 커졌고 이윽고 몸의 대부분을 차지하게 되었다. 용혜에게는 체육복으로 갈아입느라 탈의하는 일이 곤욕이었다. 급식 시간은 용혜가 매일 맞는 또 다른 시련이었다. 즐겁게 맛있게 먹는 척 연기했지만, 식사가 끝나면 어김없이 화장실로 달려가 먹은 것들을 토해 냈다.

  초등학교 담임 교사는 이 문제로 엄마 선주를 수차례 불러들였다. 가정에서 올바른 식습관 교육을 해야 한다고 강조하는 교사의 충고에 선주는 심각한 스트레스를 받았다. 용혜의 부모는 용혜를 데리고 병원과 상담실을 전전했는데 의사들은 신체가 아닌 정신을 원인으로 지목했다. 어째서인지 아동 심리 상담 센터에서만 용혜의 정신 상태가 매우 선강하다고 진단했다.

  초등학교 고학년이 되면서 용혜는 서서히 자신이 '정상'의 범주에서 벗어난 아이라는 걸 깨닫기 시작했다. 동시에 자신의 식성에 대해서도 알게 됐다. 용혜는 생닭고기, 생돼지고기, 생소고기를 먹을 때만큼은 토하지 않았다. 맛있다고 할 순 없었지

3장 붉은 반점

만, 적어도 고통스럽지는 않았다.

오랜 시간 다른 이들의 시선을 의식하며 살아온 터라, 자신의 식성이 타인에게 얼마나 큰 혐오감을 불러일으킬지 용혜는 잘 알고 있었다. 그래서 부모님에게조차 털어놓을 수 없었다. 용혜는 용돈을 모아 몰래 생고기를 사 먹으면 된다고 스스로를 위로했다.

성인이 되어 경제적 자립이 가능해지면 이 문제는 자연히 해결될 거라 믿었다. 그러던 어느 날, 엄마가 생고기를 냉동실이 아닌 냉장실에 넣어 두기 시작했다. 부모님이 공방에 가 있는 사이, 용혜는 집에 홀로 남아 생고기를 먹었다. 고기 한 팩이 사라졌는데도 엄마는 전혀 의문을 제기하지 않았다. 의도적인 묵인이었는지, 아니면 단순한 무관심이었는지는 알 수 없었다. 용혜는 자신이 생고기를 먹었다는 걸 엄마가 모르기를 바랐다. 한편으로는 엄마가 이미 모든 걸 알고 있을지도 모른다는 생각이 들었다.

용혜는 다른 사람들이 말하는 '먹고 싶다'는 감정이 무엇인지 오랫동안 진정으로 이해하지 못했다. 그런데 중학교 하굣길에 우연히 맡은 그 냄새는 달랐다. 냄새를 맡은 순간 등과 배의 붉은 반점들이 일제히 부풀어 올랐다. 처음으로 온몸이 떨릴 정도의 강렬한 식욕을 느꼈고, 그 순간 용혜는 이것이 바로 '먹고 싶다'는 감정일지도 모른다고 생각했다. 본능에 이끌려 냄새가 나는 곳을 찾아가는 동안 가슴 한편에는 기대감이 피어올랐다. 어쩌면 드디어 자신도 친구들이, 부모님이, 선생님이 말하던 '정말 맛있다'는 감각을 경험할 수 있을지도 모른다는 희망이 생겼다.

녹슨 주황색 대문을 밀어젖히고 낡은 주택 안으로 들어설 때까지도, 용혜의 이성은 완전히 마비된 상태였다. 허락도 없이 남의 집 현관문을 여는 자신의 행동이 얼마나 비정상적인지 인식조차 하지 못했다. 집 안에는 한 노인이 깊은 잠에 빠진 듯 누워 있었다. 하지만 노인이 빠진 것은 잠이 아닌 죽음이었다. 시신을 본 용혜는 자신이 죽은 사람의 몸에서 나는 냄새에 이끌렸다는 사실을 깨달았다. 그 순간의 충격과 혐오감은 이루 말할 수 없을 정도였다. 용혜는 누구보다도 사회적 규범과 윤리를 깊이 내면화한 인간이었기에, 자신의 욕망이 얼마나 비윤리적이고 끔찍한 것인지 잘 알고 있었다.

용혜는 떨리는 손으로 핸드폰을 들어 112에 신고했다. 막상 경찰이 전화를 받으니 마음이 놀랍도록 차분해졌다. 경찰은 시신 발견 경위를 캐물었지만, 용혜는 '어쩐지 이상한 느낌이 들어 안을 살펴봤다'는 모호한 답변으로 상황을 넘겼다. 후일 동네에서는 노인의 외로운 영혼이 순수한 어린 소녀를 불러 자신의 죽음을 널리 알렸다는 미화된 괴담이 퍼졌다.

 용혜는 스스로가 더욱 무서워졌다. 자신의 비밀을 아무에게도 말할 수 없었다. 누구도 자신을 받아들일 수 없을 것 같았다. 용혜는 사랑하고 사랑받는 일을 포기했고, 친밀한 관계도 포기했다. 그리고 평생토록 혼자 살아가는 것에 대해 늘 생각했다. 고독한 삶이 예정되어 있다고 해서 우울해하거나 외로워하지는 않았다. 삶을 비극이라 여기고 절망에 빠져 허우적대기만 하기에는 인생이 소중했다. 자신은 잘못한 게 없었다. 그러니 불행이란 벌을 스스로에게 주고 싶지는 않았다.

9

은옥의 다리 복원 수술은 성공적이었다. 근육과 신경이 일부 손상되긴 했지만, 시간이 지나면 보행하는 데 문제가 없을 거라고 의사가 말했다. 은옥은 일반 병실로 이동한 뒤에도 사람들과의 접촉을 꺼렸다. 사고와 관련된 경찰 조사에서는 '기억이 나지 않는다'는 한 마디로 일관했다. 교회 신도와 권사들이 끊임없이 면회하러 왔지만 동생 은주에게 부탁해 만남을 정중히 거절했다. 어떤 얼굴로 그들을 맞이해야 할지 아직은 알 수 없었다. 마음이 잘 정리되지 않았다.

"하루는 하나님의 아들들이 와서 여호와 앞에 섰고 사탄도 그들 가운데에 온지라. 여호와께서 사탄에게 이르시되 네가 어디서 왔느냐 사탄이 여호와께 대답하여 이르되 땅을 두루 돌아 여기저기 다녀왔나이다. 여호와께서 사탄에게 이르시되 네가 내 종 욥을 주의하여 보았느냐 그와 같이 온전하고 정직하여 하나님을 경외하며 악에서 떠난 자는 세상에 없느니라. 사탄이 여호와께 대답하여 이르되 욥이 어찌 까닭 없이 하나님을 경외하리이까."

은옥은 성경의 욥기를 읽어 내려갔다. 자신이 본 것은 사탄이라고 표현할 수밖에 없었다. 하지만 경찰과 신도들에게 남편을 해한 것이 사탄이라고 말한다면 아마 모두가 은유라고 생각할 터였다. 누구도 사실로 받아들이지 않을 게 분명했다. 그렇다고 영원히 침묵할 수도 없었다.

"얼른 쾌차하라고 이런 걸 잔뜩 사 오셨네."

은옥을 면회하러 온 신도들을 돌려보낸 동생 은

3장 붉은 반점

주가 병실로 돌아왔다. 은주의 손에는 각종 고급 쿠키와 영양제, 책이 가득 든 쇼핑백이 들려 있었다. 침대 옆에 선물을 내려놓은 은주는 습관처럼 언니의 이마에 손을 댔다.

"희영이는 경찰들이 잘 데리고 있는 거지? 어디에 있대? 복지관에서 맡아 주고 있는 거야?"
"어어, 그럼. 희영이 잘 있어. 걱정 안 해도 돼."

은주는 자신이 희영이를 돌보고 있다는 사실을 은옥에게 숨겼다. 병원에 실려 온 은옥이 정신을 차리자마자 희영이를 경찰에게 맡기라고 은주에게 신신당부했기에, 은주는 괜히 아픈 언니의 심기를 거스르고 싶지 않아 거짓말을 했다. 희영이의 마음을 안정시키기 위해 희영이를 잠시 보살펴 주면 좋겠다는 경찰과 아동 심리 상담사의 부탁을 은주는 거절할 수 없었다. 교회 사람들과 주변 사람들도 은주가 희영이를 보살피는 게 당연하다고 생각할 것 같았다.

은주는 언니의 주의를 돌리기 위해 화제를 급히 바꿨다.

"언니 말고도 성포산에서 짐승한테 다리를 공격당한 사람이 또 있어."
"나랑 똑같이?"

"그 사람 말이, 두 사람 사건이 비슷하다고 경찰들이 그랬대. 근데 그 아저씨는 의족을 한 걸 보니까 상처가 더 깊었나 봐."
"나랑 비슷한 상황을 겪었을 리 없어. 침대 좀 내려 줘. 잠깐 누울래."

은주가 침대 아래의 레버를 돌려 세워져 있던 헤드를 원상태로 눕히자, 은옥은 이불을 끌어 올려 머리 위까지 덮었다. 은옥은 혼자 있고 싶을 때면 늘 그렇게 했다. 언니의 의도를 이해한 은주는 칸막이 커튼을 치고 병실을 나가려다, 재현에게 받은 명함을 가방에서 꺼내 침대 옆 테이블에 살짝 올려 두고는 말을 이었다.

"그 아저씨가 자기 다리를 그렇게 만든 건 짐승이 아닐 수도 있다고 했어. 그러면서 하는 말이, 언니는 본인이 본 걸 아무한테나 말하지 못할 거라고…. 아저씨가 돌아가기 전에 명함을 줬거든. 일단 여기 올려 둘게. 쉬어, 언니."
"짐승이 아니라고?"

은옥이 이불을 걷고 은주를 바라봤다.

"응. 언니가 본 걸 알고 있다고 했어, 자기는."

은주가 병실에서 나가자 은옥은 명함을 집어 들었다. 명함에는 재현의 이름과 핸드폰 번호가 적혀

3장 붉은 반점

있었다.

12월 26일, 크리스마스 행사 정리로 교회가 한창 바쁘고 어수선하던 그때, 교회에 찾아왔던 남자가 떠올랐다. 등산복을 입은 평범한 인상의 60대 남성이었다. 그는 희영이를 찾아왔다고 했다. 남자는 희영이를 보자마자 90도로 허리를 굽혀 사과했다.

"미안하다. 정말 미안해. 아저씨가 미안해."

여덟 살 아이에게 사과하는 60대 남자를 본 신도들이 의아한 눈길을 보냈다. 뒤이어 남자는 은옥에게 아주 조심스러운 태도로 질문을 했다.

"아이의 몸에 있는 붉은 반점이 신경 쓰이시죠?"

은옥은 희영이의 몸에 붉은 반점 같은 건 없다고 대답했다. 실제로도 없었다. 남자는 은옥의 말을 믿지 못해 희영이가 입고 있는 니트를 걷어 팔을 볼 수 있겠냐고 물었다. 은옥은 거절했지만 희영이가 아무렇지 않게 소매를 걷어 그 남자 앞에 팔을 내밀었다. 깨끗한 희영이의 팔을 본 남자는 의아하다는 표정으로 중얼거렸다.

"없어. 왜 없지?"

당시엔 너무 바빠 이름도 묻지 못했는데, 그 남자가 이 명함의 주인일까? 은옥은 다시 명함의 이름을 확인했다.

"희영아, 그날 일 중에서 기억나는 게 있으면 얘기해 줄 수 있을까? 그냥 희영이가 알고 있는 거 편하게 말해 주면 돼."
"가족끼리 다 같이 캠핑을 가기로 했는데, 엄마랑 아빠랑 계속 싸웠어요."
"무슨 얘기를 하면서 싸웠는지 기억이 나?"
"엄마가 가방이 너무 많다고 하니까 아빠가 이상하게 보이면 안 된다고 했어요."
"이상하게?"
"그게 무슨 말인지는 몰라요."
"희영이는 캠핑을 좋아하니?"
"난 캠핑 안 좋아해서 싫다고 했는데 엄마가 억지로 가자고 했어요."
"왜 그랬을까?"
"내가 미우니까."
"왜 그렇게 생각을 해?"
"엄마랑 아빠는 나를 보면 웃지 않고 매일 화를 내요."
"그럼 희영이는 기분이 어때?"
"마음이 쿵쿵쿵쿵쿵 해요."
"쿵쿵쿵쿵?"

3장 붉은 반점

"네. 많이 쿵쿵쿵쿵 해요."
"그랬구나. 엄마랑 아빠랑 텐트 치고 준비할 때 희영이는 무얼 했을까?"
"아무것도 안 했어요. 그냥 가만히 있었어요."
"그랬구나. 근데 선생님이 보니까 텐트 뒤쪽으로 산이 있더라."
"산이요?"
"희영이는 캠핑 가서 뭘 하고 싶었어?"
"하고 싶은 거 없었어요."
"그랬구나. 겨울이라 추웠지?"
"배고팠어. 배고파요."
"응?"
"배고파요. 그때도 배가 고팠는데 엄마가 아무것도 안 줘서 계속 배가 고팠어요. 근데요. 나무에서 엄청 엄청 맛있는 냄새가 났어요."
"맛있는 냄새?"
"응. 너무 맛있는 냄새. 배가 많이 고팠어요. 배고파요."
"아이고. 그랬구나. 지금도 배고프니?"
"배고파요. 배고파요."

영상을 보고 있던 용혜는 일시 정지 버튼을 눌렀다. 희영이가 나무에서 맛있는 냄새가 났다고 말한

부분에서 멈칫했다. 배고프다고 칭얼대는 희영이의 얼굴이 움직임을 멈춘 채로 화면에 떠 있었다. 잠시 아이의 표정을 살피던 용혜는 다시 재생 버튼을 눌렀지만, 영상은 곧 끝났다.

"이 영상 이후 기록은 없어?"

보현이 보여 준 추가 기록에는 아이가 배고프다고 반복적으로 말하자 상담사가 촬영 중단을 요청하는 장면만 남아 있었다. 성포경찰서 여성청소년계 팀원인 보현은 문서 하나를 용혜에게 건넸다. 그 문서에는 '희영이가 배고파해 빵과 우유를 주었으나 다 토함, 사건에 대한 질문보다 아이의 심리를 안정시키기 위한 추가 상담과 치료가 필요'라는 메모가 적혀 있었다.

"애도 먹는 걸 주는 대로 다 토했어. 회피성 섭식 장애 같지는 않고 스트레스 때문에 신경성 구토를 하는 것 같아. 예전의 너처럼."

"나처럼?"

"근데 그때의 너처럼 이식증이 있는지는 좀 더 관찰을 해 봐야 돼."

보현의 말에 용혜의 표정이 굳었다.

보현은 중앙경찰학교에서 용혜와 같은 생활관을 썼던 동기다. 8개월간의 교육 기간 동안 용혜는

3장 붉은 반점

난감한 상황을 여러 번 겪었다. 입교 후 첫 2주까지는 외출이 금지되었고 정해진 시간에 식당에서 다 함께 식사를 해야 했기에, 용혜는 음식을 토해 내는 고통을 하루에 세 번씩 견뎌야 했다. 그 고통을 옆에서 지켜본 사람이 보현이었다.

본격적인 교육이 시작된 뒤로는 힘든 훈련이 이어졌는데, 아무것도 먹지 못하는 용혜의 체력은 점점 고갈되어 갔다. 용혜는 끝내 버티지 못하고 식당의 냉장고를 열었다. 그리고 그 안에 쌓여 있던 생돼지고기를 거의 정신을 놓은 채로 삼키듯 먹었다. 그 모습을 보현이 목격했다. 충격을 받은 듯 잠시 멍하니 서 있던 보현이 처음 꺼낸 말은 "좀 괜찮아졌어?"였다.

보현에게 들켰다는 사실에 불안해진 용혜는 그럴듯한 이유를 대서 보현을 납득시켜야 한다고 생각했다. 수많은 사람들과 함께 생활하고 훈련받는 곳에서 이상한 사람으로 낙인찍혀 쫓겨나면 안 된다는 생각이 머릿속을 가득 채웠다. 용혜는 아빠의 실종 사건을 보현에게 처음으로 털어놓았다. 그로 인한 충격 탓에 이상한 식습관이 생겼지만, 정신적인 문제가 있는 건 아니라고 변명했다. 사실상 변명을 위한 고백이었다. 아동 심리와 아동 대상 범죄에 관심이 많았던 보현은 용혜의 이야기를 세심하게 들어 주고 온전히 이해하려 노력했다. 배척당하고 싶지 않아 털어놓았을 뿐인데 보현은 용혜를 더 살뜰히 챙겼다. 이후로는 그 이야기를 꺼내지 않아서 용혜는 보현이 당시의 일을 잊었다고 여겼었다. 아니, 잊어 주길 바랐다.

"근데 희영이가 유건재 실종이랑 무슨 상관이 있어? 혹시 두 사건 사이에 뭐 연결 지점이라도 있는 거야?"

휴가를 신청한 용혜는 보현에게 개인적으로 도움을 요청했다. 보현은 성포산 사건을 담당하고 있지 않아 구체적인 사항에 대해서는 알지 못했다. 하지만 희영이의 상담 영상을 용혜에게 보여 줄 수는 있었다. 피해자 박은옥과 희영이에 대한 의료 지원 및 보호 조치를 보현이 소속된 여성청소년계에서 맡고 있기에 가능했다.

개인적인 부탁이라 부담이 됐는지 보현은 CCTV가 없는 접견실로 용혜를 안내해 희영이의 상담 영상을 보여 줬다. 영상 속 희영이는 또래의 여느 아이와는 달리 얼굴에 생기가 돌지 않았지만 그렇다고 우울해 보이거나 슬퍼 보이지도 않았다.

희영이 관련 서류를 들여다보던 용혜는 2020년 입양 선교회를 통해 현기, 은옥 부부가 희영이를

3장 붉은 반점

입양했다는 정보를 확인했다. 용혜는 현재 희영이를 보살피고 있는 희영의 이모네 주소를 훑고, 빠르게 속으로 되뇌며 외웠다.

"희영이는 어떻게 되는 거야? 보육원 같은 시설로 가게 되는 건가?"

"응? 아니, 엄마가 있는데 왜. 당장은 치료 중이니까 따로 지내지만 회복하고 퇴원하면 엄마가 데려가겠지…. 아직은 엄마가 충격에 빠져 있는 상태라 좀 지켜보긴 해야 하고, 지금은 이모가 데리고 있고."

"희영이 친부모는? 아이가 태어나자마자 시설에 맡긴 건가?"

용혜의 질문에 보현은 머뭇거렸다.

"그건 아니고… 그게… 좀 말이 돌던 사건이었는데. 희영이 친엄마는 자살했어."

"자살?"

"어, 미혼모였어. 꽤 늦은 나이에 희영이를 가졌는데, 아빠로 추정되는 사람을 찾을 수가 없어서 성폭행 피해자일 수도 있다는 얘기가 나왔지. 사망 당시에는 나이가 만으로 마흔셋이었는데…."

보현이 잠시 숨을 골랐다.

"우울증이 심했던 거 같아. 유서를 남기고 죽었

거든. 빨간 펜으로 '나는 괴물입니다'라는 문구를 가득 적어 놨어. 자기혐오와 우울증이 결합되는 바람에 극단적인 선택을 한 거지. 그때 희영이는 다섯 살이었고…."

"나는 괴물입니다…."

용혜는 보현이 건넨 보고서에 첨부된 친모 사진을 들여다봤다. 살이 많이 찌고 상당히 나이 든 모습이었지만 강심의 유골함 앞 사진 속에 있던 다섯 명의 여자 중 한 명이란 걸 금세 알 수 있었다. 1995년 사진 속에서는 밝고 앳된 모습이었는데 사건 보고서 속의 얼굴을 보니 삶의 고단함이 그대로 드러나 있었다.

"친모 이름이…"
"최유정, 1977년생이고 2020년에 자살했어."
"그럼 1995년에는 열아홉 살밖에 안 된 거네…."
"응? 갑자기 웬 1995년? 아무튼 희영이 친모한테는 친인척도 없고 친구도 없었어. 완전한 고립 상태였던 거야. 원래대로라면 희영이는 보육원에 갔어야 했는데 희영이의 지금 부모가 나서서 희영이를 도와주다가 입양까지 간 거야."
"좋은 사람들이네."
"그치. 우현기 씨가 목사이기도 하고, 사모님이랑 전부터 자원봉사를 많이 하셔서 여기 지역 사회에서는 유명했어. 아무리 종교인이라고 해도 이런 끔찍한 일에 엮인 애를 입양하긴 쉽지 않잖아. 그래서 희영이 입양한 뒤에 선교회 홍보 영상 같은 데라든가 여기저기 나와서 인터뷰 많이 했었어. 잘 알려진 가족이다 보니까 이번 성포산 사건의 충격이 큰 거야. 아무래도 희영이가 많이 걱정되지. 겉으로 보기엔 멀쩡한데, 아직은 표현을 잘 못 할 나이라 그렇지 트라우마를 안고 있을 거야."

용혜는 시선을 돌려 상담 영상이 떠 있는 모니터를 바라봤다. 희영이가 환하게 웃던 순간을 찾아 그 지점부터 영상을 다시 재생했다.

- 근데요. 나무에서 엄청 엄청 맛있는 냄새가 났어요.

말을 하면서도 침을 삼키는 아이의 표정에서 기묘한 환희가 느껴졌다. 용혜는 보현을 불렀다.

"언니, 나 그 사진 보여 줄 수 있어? 부부 현장 사진. 부검 결과도 좀."

"아, 그건 좀…. 형사1팀 사건이라…. 자세한 부검 결과는 아직 안 나온 거 같고, 시신 사진이랑 현장 사진은 1팀에서 건네받기가 좀 눈치 보이네. 시신 상태가 워낙 충격적이다 보니까 기자들은 물론이고 관심 가지는 사람이 너무 많아서 사진 유출에 예민한 상황이거든."

"당연히 이해해. 고마워."

"근데 용혜야, 네가 의심하는 것처럼 사람이 그 부부를 해친 거 같지는 않아. 현장 사진을 보면 우현기 씨 복부랑 목은 도구로 훼손된 게 아니야. 이빨에 물리고 뜯긴 건데 아무래도 사람 이빨 같지는 않아."

용혜는 보현의 말에 가만히 고개를 끄덕였다.

"유건재 실종 사건이랑 성포산 사건을 연결하기엔 아직 근거가 부족해. 단순히 유건재가 우현기네 교회를 찾았다는 거 하나만 가지고 수사 방향을 틀진 않을 거야."

"유건재 수색에 여전히 진척은 없고?"

"그치. 수색견 동원해서 성포산까지 뒤졌는데 너도 알다시피 아무것도 안 나왔지, 뭐."

보현은 심각한 얼굴로 노트북에 저장된 자료 몇 개를 열더니 화면을 용혜 쪽으로 돌렸다.

"네가 저번에 말한 거 있지. 그때는 이 부서로 옮긴 지 얼마 안 돼서 잘 몰랐는데…. 산에 간 사람 실종 신고는 조난인 경우가 꽤 돼서 어떻게든 산에서 찾기 마련이잖아. 유독 이 지역 산에는 실종된 채로 발견되지 않은 사람들이 많네."

3장 붉은 반점

보현이 보여 준 자료에는 용구산과 성포산 일대에서 매년 두 명 정도의 실종자를 찾지 못했다는 내용이 적혀 있었다. 용구산에서 유건재 수색을 담당했던 형사가 용혜에게 알려 준 그대로였다.

"혹시 피해자 박은옥 씨 진술 받을 때, 나도 동행할 수 없을까?"

보현은 용혜가 왜 이렇게까지 열을 올리는지 이해할 수 없었다.

"이첩까지 된 사건에 왜 매달려. 귀하디귀한 휴가를 냈으면 좀 쉬지."

보현의 말에 용혜가 잠시 머뭇거렸다.

"그냥. 내가 마무리 못 하는 게 너무 찜찜해서. 박은옥 씨 다시 조사할 거 아냐. 그치?"
"하…. 너도 진짜. 글쎄…. 그건 내가 다시 알아보고 연락 줄게."
"응. 고마워."

'영세동 342번지 휴그린아파트 108동 703호'.

용혜는 성포경찰서를 나오면서 아까 기억해 뒀던 희영이 이모의 주소를 바로 핸드폰 메모장에 적었다. 그리고 처음 들었을 때부터 계속 용혜를 괴롭히던 문장을 그 아래에 적었다.

'나는 괴물입니다.'

고개를 드니 하얀 눈으로 뒤덮인 성포산이 보였다. 용혜는 서둘러 주차장으로 향했다. 어서 빨리 희영이를 만나야만 했다.

3장 붉은 반점

4장 괴물 냄새

1

은주는 뒷좌석에 안전벨트를 매고 앉아 있는 희영이를 룸 미러로 살폈다. 언니 부부의 일을 처리하느라 첫째 아이 픽업 시간을 놓친 은주는 한숨을 내쉬었다. 그렇지 않아도 바쁜데 잠시 동안이지만 희영이를 맡게 되니 시간이 정신없이 흘러갔다.

은주는 조카인 희영이가 여전히 낯설었다. 언니 은옥이 희영이를 키우면서 힘들어했다는 걸 알기에, 은주 역시 희영이를 대하기가 조심스러웠다.

"이모, 배고파요."
"민지 픽업하고 이모가 집에 가서 맛있는 거 해줄게."
"맛있는 거?"

4장 괴물 냄새

희영이의 특이한 식습관은 이미 은옥에게 들어 알고 있었다. 희영이 뭘 먹기만 하면 토하는 탓에 은옥은 아이를 학대한다는 의심을 받을까 봐 좋은 재료를 고집해 요리를 했다. 그러나 소용없었다. 희영이는 먹은 음식을 족족 게워 냈고, 계속해서 말라 갔다. 은옥은 아이가 무섭다는 이야기를 은주에게 한 적이 있었다. 희영이가 은옥의 팔을 세게 문 사건으로 파양을 고려하기도 했다. 하지만 목사인 형부가 더 지켜보자고 했고, 희영이를 건디는 사이 은옥의 히스테리는 점점 심해졌다.

은옥은 희영이가 이상한 아이라는 걸 주변에 알리고 싶어 했다. 희영이를 보육원으로 돌려보내기 위해서는 자신들이 피해자라는 걸 인정받아야 한다고 생각했기 때문이다. 그러나 희영이의 담임은 은옥에게 '아이가 참 착하다'고 말했고, 은옥은 모든 희망을 잃은 사람처럼 메말라 갔다.

어린이집 주차장에 도착한 은주는 잠시 차 안에 희영이를 두고 큰딸 민지를 데리러 갔다. 민지와 함께 돌아와 보니 희영이는 여전히 제자리에 얌전하게 앉아 있었다. 은주를 응시하는 조용한 눈빛에서 문득 애잔함이 느껴졌다. 여덟 살배기가 얼마나 나쁜 존재일 수 있다고, 마흔 살이 다 된 자신이 저 작은 아이를 경계했을까. 은주의 마음에 죄책감이 밀려왔다.

하지만 은주 역시 언니 부부의 사건 때문에 받은 충격에서 벗어나지 못한 상태였다. 모든 게 버거웠다. 그나마 다행인 건 다섯 살 민지가 희영이를 잘 따른다는 점이었다. 어린이집에서 받아 온 젤리를 민지는 망설임 없이 희영이에게 건넸다.

"우리 민지가 언니를 챙기네. 아유, 착해라. 희영아, 민지가 우리 희영이 좋아하나 보다. 그치?"
"맞아! 나 언니 좋아!"

민지는 유아용 카 시트에 앉은 채로 희영이를 향해 몸을 돌리며 환하게 웃었고 희영이는 잠시 당황한 기색을 보였다. 분홍빛 젤리를 한참 들여다보던 희영이는 조심스레 입에 넣고 오물거리며 씹었다. 그리고 순간 인상을 썼다가 다시 민지를 쳐다봤다. 민지가 웃으며 젤리를 먹자 희영이도 민지를 따라 웃으며 젤리를 먹었다.

낡은 페인트칠이 벗겨진 휴그린아파트 앞에 선 용혜는 108동 703호를 올려다보았다. 희영이를 만나기 위해 은주의 아파트를 찾아서 오기는 했지만, 막상 도착하니 두려움이 앞섰다. 희영이에 대한 자신의 모든 추측이 부디 빗나가기를 바랐다.

4장 괴물 냄새

아파트 건물 입구에서 703호 호출 벨을 누르니 스피커 너머로 건조한 여자의 목소리가 들렸다.

"누구세요?"

용혜는 비디오 폰 카메라에 잘 찍히도록 자신의 경찰 공무원증을 들어 보였다.

"안녕하세요. 경찰인데요. 박은주 씨와 잠시 대화를 나눌 수 있을까요?"

잠시 정적이 흘렀고 이내 공동 현관문이 열렸다. 용혜는 엘리베이터를 타고 7층으로 올라가 703호의 벨을 눌렀다. 문을 열고 나온 박은주는 세 살배기 아들 민성을 안고 있었고, 그 뒤로 딸 민지가 보였다. 순간 용혜의 온 신경이 곤두섰다. 시체 냄새가 났다. 아이가 둘이나 있는 집에서는 나면 안 되는 냄새였다.

"무슨 일 때문에…."

용혜의 얼굴에서 긴장을 읽은 은주가 물었다.

"괜찮으세요?"

냄새를 맡은 용혜가 그렇게 묻자, 은주는 황당하다는 표정을 지었다.

"혹시… 집 안에 무슨 일 없으세요?"
"아니, 무슨 말씀이세요?"

용혜는 은주에게 자신의 경찰 명함을 건네며 집 안으로 성큼 들어섰다. 냄새의 근원을 찾아 본능적으로 발걸음을 옮겼다. 냄새가 가장 진하게 나는 방의 문을 여니, 책상에 엎드려 있는 작은 아이가 보였다. 희영이였다.

방 안을 둘러봤지만 희영이 외엔 아무도 없었다. 그 냄새는 정확히 희영이에게서 나고 있었다. 용혜가 다가가 희영이의 등에 손을 얹자, 눈을 감고 있던 아이가 고개를 돌려 용혜를 바라봤다.

"아니, 저기, 무슨 일이세요!"

은주가 핸드폰을 꽉 쥔 채 겁에 질린 목소리로 소리쳤다.

"아, 죄송합니다! 저는 문주서 실종수사팀 경찰이에요. 용포산과 성포산 일대에서 실종된 사람을 찾는 중인데, 제가 맡은 사건과 우현기 씨 사건 사이에 연결성이 있어서 찾아왔습니다. 놀라게 해 드려서 정말 죄송합니다."

"이렇게 연락도 없이 갑작스럽게 오는 경우가 어디 있어요? 절차가 있잖아요!"

"죄송합니다. 저 잠깐 희영이와 얘기 좀 할 수 있을까요?"

"네? 지금 아이가 누구와 대화할 수 있는 상태가

4장 괴물 냄새

아니에요. 미리 연락을 주시고…."

"전 괜찮아요."

희영이가 은주의 말을 끊었다.

"이모, 나는 이 언니랑 얘기할 수 있어요."

"부적절한 말은 절대 하지 않겠습니다."

용혜가 재빨리 덧붙였다.

은주는 한숨을 내쉬었다. 아이 셋을 돌보느라 지쳐 있던 차에 돌발 상황까지 겹치자 짜증이 밀려왔다. 개지 않은 빨래 더미와 어지러운 장난감들 사이에서 은주는 마른세수를 했다.

"절차상 꼭 해야 하는 게 아니라면 조금 부담스러운데요."

그렇게 말한 은주는 용혜의 간절한 눈빛에 결국 귀찮다는 듯 고개를 끄덕였다.

"그래요. 이상한 얘기로 애를 자극하진 말아 주세요."

은주는 지친 목소리로 허락했다.

"그리고… 아이랑 얘기 끝나면 저도 물어볼 게 있어요. 괜찮으시죠?"

"네, 그럼요."

용혜는 흔쾌히 은주의 제안을 받아들였다.

방문이 닫히자, 2평 남짓한 좁은 공간에 희영이와 용혜만이 남았다. 이곳은 원래 민지가 쓰던 방인 것으로 보였다. 민지의 짐은 다른 방으로 옮기고, 이 공간을 희영이에게 내준 듯했다.

"안녕?"

"안녕하세요."

희영이는 인사를 하고 다시 책상에 엎드렸다. 민지의 분홍색 책상과 의자는 곧 초등학교 2학년이 될 희영이에게는 조금 작아 보였다.

"나랑 얘기할 수 있다고 해 줘서 고마워."

"얘기는 다 할 수 있어요."

아이의 목소리에는 기운이 빠져 있었다.

"왜 그래? 힘이 없어 보이네. 혹시… 배고프니?"

용혜의 질문에 희영이가 미세하게 움찔했다. 용혜가 바닥에 앉으니 아동용 책상에 앉은 희영이와 대강 눈높이가 맞았다. 시체 냄새가 더욱 선명하게 느껴졌다. 용혜는 이전에 오래 방치된 시신을 먹은 짐승에게서 시체 냄새를 맡은 적이 있었다. 짐승이 그 냄새를 완전히 떨쳐 내는 데에는 한 달이 넘게 걸렸었다.

"많이 배고파요."

"음…. 이거라도 먹을래?"

4장 괴물 냄새

용혜가 가방에서 작은 초콜릿을 꺼내어 내밀자, 희영이는 실망한 표정을 지었다. 용혜의 의심은 확신으로 바뀌어 갔다. 성포산에서 우현기를 죽인 건 바로 이 작은 아이였다. 어떻게 성인 남성을 제압했는지는 알 수 없었지만, 희영이도 자신처럼 동물적 본능이 강한 게 분명했다. 그리고 용혜와 달리 희영이는 그 본능을 제어할 도덕적 한계선을 만들기 전에 자기 본성을 깨달은 것 같았다.

"감사합니다."

희영이는 공손하게 인사하며 초콜릿을 받았지만, 먹지는 않았다. 또래보다 지나치게 예의 바른 아이였다. 상담 기록에 따르면 희영이는 사건 당시의 일을 전혀 기억하지 못했다. 용혜는 그 점이 불안했다. 만약 희영이가 동물적 본능이 깨어날 때마다 기억을 잃는다면, 자신 역시 누군가를 해쳤지만 기억하지 못하는 것일지도 모른다는 생각이 들었다.

"희영아, 혹시 나한테 어떤 특별한 냄새가 나니?"
"냄새요?"
"응. 맛있는 냄새 같은 거?"

희영이가 용혜 쪽으로 고개를 돌렸다. 희영이의 작은 코가 쿵쿵거리며 움직였다. 순간, 용혜는 저도 모르게 가만히 숨을 죽였다. 자신에게서도 시체 냄새가 나는 건 아닐까 하는 두려움이 순간 용혜를 압도했다.

"잘 모르겠어요."

용혜는 어깨에서 힘이 빠지는 것을 느끼며 다행이라는 생각을 했다.

"아무 냄새도 안 나요. 산에서 나던 그 맛있는 냄새는 안 나요."

"산에서 나던 냄새라는 건 뭐야? 얘기해 줄 수 있겠니?"

"아…."

희영이의 눈동자가 흔들렸다.

"나무에서 나던 냄새요?"

"그래. 어떤 냄새가 났어?"

"잘 기억은 안 나는데 엄청 엄청 맛있는 냄새가 났어요."

"엄마랑 아빠랑 캠핑 갔던 날에 맡은 거지?"

"네. 너무너무 배고팠는데 맛있는 냄새가 나무에서 났어요…. 그다음부터는 기억이 안 나요."

"혹시 텐트 뒤에 있던 산…"

그때, 은주가 노크하더니 방으로 들어왔다.

"저, 그날 얘기는…."

4장 괴물 냄새

은주가 난감해하는 표정으로 말을 끊었고, 용혜는 어쩔 수 없이 희영이와의 대화를 멈췄다.

은주는 민지와 민성이가 있는 거실에 퍼즐 게임을 세팅해 주고 용혜를 부부 침실로 안내했다. 언니 부부 사건 이후 깊은 피로에 잠기게 된 얼굴로 은주가 물었다.

"희영이는 이제 어떻게 되는 거예요?"
"네?"
"저희는 희영이 계속 데리고 있기가 그래요. 보육원이든 뭐 복지 기관이든 연락을 해도 절차가 있다면서 기다리라고 하고는 답이 없어서요."
"아… 네. 그건 제가 담당 경찰에게 한번 문의해 보고…"
"언제까지요?"

은주의 목소리가 날카로워졌다.

"언제까지 기다려야 하는데요?"
"아마 언니분이 회복할 때까지…."

은주는 더 이상 못 참겠다는 듯이 짜증 섞인 화를 냈다.

"저희 언니는 애를 더 기를 의사가 없어요. 언니가 희영이를 저희 집에 두면 절대 안 된다고 했는데, 저 언니한테 거짓말하고 있어요. 언니는 희영이를 파양하고 싶어 해요."

용혜는 망설였다. 희영이를 이 집에 두는 게 위험하다는 건 용혜도 알고 있었다. 하지만 어린아이를 복지 시설이 아닌 곳에 격리할 방법은 없었다. 그렇다고 성포산 사건의 용의자가 희영이라고 알리는 것도 말이 안 되는 일이었다.

"저, 황당하실 수 있는데, 희영이 제가 보호하고 있으면 어떨까요?"

"네?"

"일시적으로라도… 제가 희영이를 보호하고 있다가…"

용혜를 경계하던 은주가 급히 핸드폰을 들었다.

"당신 누구예요? 지금 바로 담당 경찰한테 전화해서 확인할 거예요."

당황한 용혜가 저도 모르게 일어섰다.

"죄송합니다. 못 들은 걸로 해 주세요. 제가 도를 넘은 참견을 했네요."

대화를 마친 용혜가 부부 침실의 문을 여니 그 앞에 희영이가 고개를 푹 숙인 채 서 있었다. 방금 전의 대화를 들은 게 분명했다.

은주는 용혜가 희영이와 더 이상 접촉하지 못하

4장 괴물 냄새

도록 용혜의 뒤에 바짝 붙었다. 용혜가 나가면 즉시 문을 걸어 잠글 생각으로 현관 앞에서 용혜를 배웅했다. 용혜는 마트에서 산 생고기 팩 두 개를 가방에서 꺼내 어쩔 수 없이 희영이가 아닌 은주에게 건넸다. "희영이는 이걸 먹어야만 해요."라는 말은 차마 할 수 없었다.

"이거… 얼리지 마시고 그냥 냉장고에 두세요. 그리고 희영이가…"

용혜는 잠시 망설이다 은주 뒤에 서 있는 희영이에게 말했다.

"배가 고프면 이걸 먹어."

은주는 황당한 표정으로 용혜가 건네는 생고기를 받아 들었다. 희영이의 시선이 생고기 팩에 꽂혀 있었다.

칼날 같은 겨울바람이 용혜의 얼굴을 할퀴고 지나갔다. 목까지 올려 둘렀던 목도리가 흘러내린 탓이었지만, 바람이 가져다준 고통이 혼란스러운 머릿속을 정리하는 데 오히려 도움이 되는 것 같았다. 용혜는 주머니 속에서 차가워진 핸드폰을 꺼내 잠시 망설이다 보현의 번호를 눌렀다.

희영이를 언제까지 데리고 있어야 하느냐는 은

주의 질문을 대신 전하자 보현은 한숨을 푹 쉬며 대답했다.

"지금으로선 절차상 박은옥 씨 측에서 아이를 보호하고 있어야 돼. 어쩔 수 없어. 아이 상태도 불안정하고…. 박은옥 씨가 거주하는 강릉의 경찰서로 사건이 넘어가면서 시간이 더 필요해진 건데…. 다들 왜 이렇게 서두르는지 모르겠네."

용혜는 조심스럽게 말을 꺼냈다.

"그럼… 희영이를 복지 시설에 보내지 말고, 내가 데리고 있는 건 어때?"

"뭐라고?"

보현의 목소리에 당혹감이 묻어났다.

"네가 왜?"

"복지 시설 가면 아이 심리가 더 불안해질 수도 있고…."

"알면서 왜 그래? 강릉서로 사건 넘기는 절차보다, 네가 희영이를 양육할 권리를 갖기 위한 절차가 훨씬 더 복잡한 거 알잖아. 너 자꾸 동정심에 휘둘려서 일하면 안 돼. 희영이가 길고양이도 아니고, 네 맘대로 애를 데려가는 게 그렇게 간단한 일이니?"

용혜는 머릿속이 복잡하게 뒤엉켜 혼란스러웠

4장 괴물 냄새

다. 이성적으로 생각하면 보현의 말이 맞았지만, 희영이를 그냥 내버려둬선 안 된다는 본능적인 육감이 자꾸만 고개를 들었다.

"아. 그리고 예전에 네가 부탁한 일 말이야. 박은옥 씨가 또 다른 경찰과 하는 면담은 싫다고 거부했어."

"그럼 따로 면회하는 건 가능할까?"

"지금은 힘들 것 같아. 담당 수사관 앞에서도 사건 관련한 질문에는 완전히 입을 다물고 있으니까. 내가 유건재 씨에 대해서 한번 슬쩍 물어봤는데 모른다고만 하더라고. 좀 시간이 필요하겠다 싶어."

"응. 고마워, 언니."

정말 희영이가 우현기를 공격한 게 맞다면, 은주의 두 아이는 물론 은주 부부조차 안전하지 않았다. 희영이의 임시 거처를 아동 보호 시설로 옮긴다 해도 문제였다. 여러 아이들과 함께 생활해야 하고 정해진 시간에 나오는 음식을 먹어야 하는 그곳에서 굶주린 희영이가 무슨 일이라도 벌인다면 큰 사건이 될 터였다.

희영이는 분명 위험한 존재였다. 그 아이를 다른 사람들로부터 격리해야 한다고 생각한 순간, 용혜는 자신 역시 격리되어야 할 존재가 아닌가 하는 의

문이 들었다. 그 생각이 냉혹하게 용혜의 마음을 옥죄었다.

2

재현의 핸드폰이 울린 건 한밤중의 일이었다. 은옥의 목소리는 깊게 잠긴 채로 떨리고 있었다. 재현은 자신을 만나고 싶다는 은옥과의 통화를 마치자마자 석중에게 연락했다. 석중은 용혜가 생고기를 먹는 장면을 목격한 뒤로 다소 흥분한 상태였다. 더 강렬한 무언가를 발견하기 위해 쉬지 않고 카메라를 모니터링하느라 잠을 잘 이루지 못하는 듯했다.

"사람들은 보통 자신의 틀 안에서 사고하거든. 네가 그 영상을 들이밀어도 사람들은 조작했거나 연출한 결과라고 생각할 수도 있고, 또 날것을 먹는 건 별문제가 아니라고 생각할 수도 있어. 회도 날것이지만 많이들 먹거든."

재현의 충고를 들은 석중은 그 말에 일리가 있다고 생각했다. 사실 그때 찍힌 영상만으로 용혜의 특이한 식성에 대해 이야기하고 문제 제기까지 하기에는 한계가 있었다. 영상 하나로는 부족했다. 보다 강력한 증거가 필요했고, 목격자이자 피해자인 은옥이 바로 그 열쇠였다.

재현에게는 자신이 알고 있는 진실을 굳게 믿고 자신을 도와줄 동료가 절실했다. 그렇기에 석중과 은옥을 함께 만나, 그들이 괴물의 존재를 완벽히 믿게 할 참이었다. 재현에게 있어 석중은 이제 단순한 조력자가 아니라 꼭 필요한 사람이었다.

석중이 은옥의 거부감을 우려해 카메라 대신 녹음기를 가져가자고 제안하자, 재현은 그 의견을 흔쾌히 수용했다.

병실 밖 복도에서 석중이 대기하는 동안 재현이 은옥의 병실로 들어섰다. 4인 병실이라 다른 환자와 보호자들이 있었다. 은옥은 그들의 시선을 피해 바깥에서 대화를 나누어야 한다고 생각한 듯했다. 간호사의 도움을 받아 휠체어에 앉은 그녀는 이미 목도리와 모자, 두툼한 겨울 점퍼로 완벽하게 무장한 상태였다. 재현이 보기에 은옥의 표정과 행동에는 무언가 결심한 사람의 단호함이 묻어 있었다.

"선생님도 다리가 불편하신데, 제 휠체어를 밀기는 힘드실까요?"

은옥이 재현의 불편한 걸음걸이를 걱정스레 바라보며 물었다.

"제가 도와줄 사람을 데려왔습니다. 괜찮으시다

면 그 친구의 도움을 받아 이동하면 좋을 것 같은데요."

은옥은 재현의 제안을 받아들였다. 복도에서 대기하던 석중은 은옥의 휠체어를 조심스레 밀며 재현과 함께 병원의 1층에 위치한 정원으로 향했다.

상진종합병원의 휴게 정원은 마치 작은 온실처럼 꾸며져 있었다. 꽃과 풀이 가득해 환자와 보호자들이 잠시나마 병실을 벗어나 휴식을 취하기에 좋은 장소였다. 또한 곳곳에 심어진 나무들이 타인의 시선을 자연스레 가로막아 은밀한 이야기를 하기에 적합했다.

석중이 은옥의 휠체어를 벤치 옆에 안전하게 세워 놓고 자리를 피하려 하자, 재현은 은옥에게 양해를 구했다.

"이 친구는 저와 함께 일하는 친구라, 괜찮으시면 같이 있어도 될까요?"

은옥은 날카로운 눈빛으로 석중을 찬찬히 살피곤 조용히 고개를 끄덕였다.

"담당 형사한테 그날 목격하신 것에 대해 어느 정도까지 말씀하셨나요?"

재현이 묻자, 은옥은 입술을 깨물며 망설였다.

4장 괴물 냄새

"선생님이 당한 일을, 아니 본 것을 먼저 이야기해 주세요. 그래야만 저는 말을 꺼낼 수 있어요."

은옥은 여전히 재현을 경계하고 있었다. 재현은 잠시 침묵했다. 먼저 자신의 이야기를 꺼내는 건 어렵지 않았지만, 자신이 겪은 일을 어디서부터 어떻게 풀어내야 할지 생각할 시간이 필요했다. 조금 뒤 재현은 바지를 걷어 자신의 의족을 은옥에게 내보였다. 재현의 의족을 바로 눈앞에서 처음 마주한 석중도 긴장했다.

"전 운이 꽤 나빠서 염증이 심해 절단까지 갔습니다. 제 다리를 이렇게 만든 건…"

재현이 잠시 숨을 고르고 말을 이었다.

"사람이 아니었습니다. 그렇다고 해서 짐승도 아니었죠."

은옥의 동공이 크게 흔들렸다. 재현의 다음 말을 예감이라도 한 듯 은옥의 손이 휠체어의 손잡이를 꽉 움켜쥐었다.

"괴물이었습니다."

1995년 여름이었다.

도신케미컬 화재 현장의 그을린 잔해 사이로 여

전히 매캐한 연기가 피어올랐다. 화학 약품 특유의 날카로운 냄새와 화재의 잔향이 뒤섞여 코를 찔렀다. 밤낮으로 돌아가는 기계들이 내는 소리에 누군가의 죽음이 스산하게 감돌았다. 재현은 화재 사건 기록을 마무리하며 현장을 둘러보고 있었다.

이번 사건으로 사망한 노동자의 시신은 기계들 사이의 틈에서 발견됐다. 연기 때문에 갈 길을 잃은 노동자가 거대한 기계를 문으로 착각한 모양이었다. 회사는 노동자가 안전 수칙을 무시해서 불이 났다고 주장했지만, 재현이 초기 수사를 진행한 바로는 그렇지 않았다. 노후화된 설비와 미작동된 소방 시설, 형식적인 점검 기록들. 모든 것이 회사의 책임을 가리키고 있었다. 재현이 씁쓸한 표정으로 혀를 차고 있으려니, 생산설비팀의 과장이라는 유건재가 다가왔다. 마치 도둑처럼 주변을 살피며 걸어온 그는 품에서 도톰한 흰 봉투를 꺼냈다.

"형사님…."

재현은 단박에 그 봉투의 정체를 알아챘다. 당시 주변의 경찰 몇몇이 돈을 받고 수사 결과를 조작했다는 걸 재현도 알고 있었다. 하지만 재현은 경찰이란 직업에 대단한 자부심을 가진 사람이었다.

"그거 도로 넣으세요. 뇌물공여죄로 고생하고 싶

4장 괴물 냄새

지 않으시면요."

유건재는 난감한 표정으로 재현의 주변을 맴돌았다. 재현은 유건재가 회사의 압박을 받았기에 난처해한다고 여겼지만, 유건재는 돈봉투를 거절한 재현이 믿을 만한 사람이라고 판단해 가까워지려 한 것이었다.

며칠 뒤, 재현이 소속된 서내에서 갑작스러운 인사이동이 이루어졌다. 재현은 도신케미컬 화재 사망 사건 수사에서 제외됐고, 이후로 수사는 허술하게 마무리됐다. 사망한 노동자는 '본인의 부주의' 탓에 죽게 되었다는 결론이 났고 유가족은 회사로부터 제대로 된 보상을 받지 못했다. 재현은 수사가 잘못되었다고 생각했지만 일개 경찰관이 상황을 바꾸는 데에는 한계가 있었다. 윗선에서 지시한 일에 문제 제기를 해 본들 조직이 피해를 입게 될 뿐이었다.

사망 사건 수사에서 빠지게 된 재현에게 다음 해에 대신 주어진 업무는 도신케미컬 사측과 노동조합 간의 물리적 폭력 사태를 진정시키는 일이었다. 공장의 중요 설비를 통제하는 중앙 제어실을 노동조합이 점거했다는 소식을 들은 재현은 도신케미컬을 방문했다. 분쟁의 가장 큰 도화선은 화재 사망 사건이었고 그 사건의 책임은 사측에 있었지만, 재현은 사측의 입장에서 문제를 해결할 수밖에 없었다. 효율을 위해서는 그래야만 했다. 재현은 그날 유건재를 다시 마주했다. 공포에 질린 얼굴이었다.

"형사님…. 저 의뢰하고 싶은 일이 있는데요."
"무슨?"
"최근에 김미선이라는 저희 식당 직원이 실종됐거든요. 그 사건에 대해서 혹시 아십니까?"

재현은 경찰서에서 접수한 모든 사건을 알진 못했고, 실종 사건은 실종자의 근무지가 아닌 거주지의 관할서에서 맡는 경우가 많았기에 재현은 유건재의 말을 대수롭지 않게 여겼다.

"글쎄요. 어떤 일입니까?"
"그 아줌마 다시는 못 찾을 겁니다."
"네? 무슨 말씀인지?"
"그 아줌마처럼 공장 앞의 쌀집 할아버지도 사라졌다고 하던데요."

유건재는 주변을 살피더니 목소리를 낮췄다.

"공장에 괴물들이 살고 있습니다. 날것을 먹는 여자들이…."

처음엔 유건재의 말이 황당하게 느껴졌다. 하지만 유건재가 언급한 다섯 명의 여자들 — 이금주, 김관, 이강심, 송채희, 최유정 — 에 대해 조사하다 보니 재현의 눈에도 이상한 점들이 들어왔다. 이들

4장 괴물 냄새

은 모두 같은 기숙사 방을 쓰고 있었고 이금주를 중심으로 가족처럼 끈끈하게 뭉쳐 있었다.

"이금주가 이 어린애들을 다 공장으로 끌어들인 겁니다. 알고 보니까 이금주가 지원서도 써 주고 면접 준비도 시키면서 여기 취업할 수 있게 도와줬더라고요."

유건재가 지목한 여자들에 대한 소문은 이미 공장 직원들 사이에서 파다했다. 재현은 실종 사건과 관련한 목격자를 찾는다는 거짓 구실을 내걸고 직원 몇 명을 만나 간접적으로 소문의 주인공들을 조사했다. 직원들의 말에 따르면 그들이 쓰는 기숙사 방의 문은 늘 철저히 닫혀 있는데, 방 안에서는 간간이 사람의 것이 아닌 듯한 소리가 들린다고 했다. 그들이 함께 식당을 이용할 때면 다른 직원들은 자리를 피했다. 그들 모두의 몸을 뒤덮고 있는 괴이한 붉은 반점 때문이었다. 직원들은 그들이 전염병을 앓고 있을지도 모른다며 두려워했고, 두려움은 혐오감을 불러일으켰다.

재현은 다섯 명의 여자들 가운데 가장 어린 송채희와 최유정을 유건재가 안내한 공장 창고로 불러냈다. 창고는 춥고 어두웠으며 불쾌한 화학 약품 냄새가 벽을 타고 흐르고 있었다. 송채희와 최유정은 소문 속의 붉은 반점을 가리기라도 하려는 것처럼 온몸을 꼭꼭 싸매고 있었다.

"옷 좀 벗어 봐."

재현은 그들에게 속옷만 남기고 겉옷은 모두 탈의하라고 명령했다.

"싫어요! 우리가 왜요!"

송채희와 최유정은 격렬하게 저항했다. 마치 짐승처럼 날카로운 소리를 내지르며 구석으로 도망쳤다. 여성으로서 수치심이 들 수 있으리라 생각하긴 했지만 자신은 경찰이었다. 재현에게는 자신의 요구에 불응하는 게 큰 반항으로 느껴졌다. 유건재가 나서면서 결국 강제로 벗겨진 그들의 옷 사이로 붉은 반점이 드러났다. 피부 위에 그려진 지도 같이 온몸을 뒤덮은 붉은 반점은 살아 있는 것처럼 움직였다. 재현은 그런 반점을 생전 처음 보았다.

문제의 여자들을 차례차례 살펴본 재현은 마지막으로 그들의 리더 격인 이금주를 만났다. 이금주는 최근 출산을 해 곧 퇴사할 예정이지만 당장 갈 곳이 없어 한동안 기숙사에 머무를 것이라고 했다. 재현은 자못 위협적인 태도로 물었다.

"너희들이 여기 식당 아주머니 실종과 관련이 있는 걸로 아는데, 맞아?"

이금주가 웃었다. 완전히 어두워진 창고 안에는

4장 괴물 냄새

재현과 이금주 둘뿐이었다.

"무슨 그런 말도 안 되는…. 수사를 핑계로 여자들 옷이나 벗기는 변태 경찰 아니십니까. 뭐 조사라도 하시려고?"

이금주는 재현 앞에서 전혀 긴장하지 않고 오히려 재현을 비웃었다.

"날것만 먹고, 식인을 한다는 얘기도 나오던데?"

재현의 추궁에 이금주가 크게 웃었고, 그 웃음이 재현의 심기를 건드렸다.

"너도 옷 벗어."
"왜요? 괴물인지 아닌지 확인하려고 벗으라는 건가, 아니면 그냥 내 몸매가 궁금해서 벗으라는 건가?"

전혀 기세가 꺾이지 않은 이금주는 팔짱을 끼곤 재현을 노려봤다. 잠시 후에는 아예 몸을 돌려 창고의 문을 향해 여유 있게 걸어갔다.

"야! 멈춰."

재현의 명령을 듣는 둥 마는 둥 하며 걸어 나가는 이금주의 머리채를 재현이 세게 잡아당겼다. 뒤이어 이금주의 복부를 걷어차니 이금주는 괴로워하며 비명을 질러 댔다. 그때, 창고의 창으로 들어오는 달빛에 이금주의 날카로운 이빨이 번득이는 걸 재현은 목도했다. 재현이 쓰러진 이금주의 셔츠를 강제로 잡아 찢자, 목 아래로 살아 있는 것처럼 꿈틀대는 붉은 반점이 역시나 드러났다. 재현은 그 반점의 전체 형태를 보고 싶었다. 그가 금주에게 가까이 다가가 옷을 벗기려는 순간, 이금주가 기다렸다는 듯 재현에게 달려들었다. 재현이 피할 수 없는 속도로 빠르게 다가온 이금주는 재현의 왼쪽 다리를 단단히 붙잡았다. 그러곤 살점을 물어뜯고 씹어 삼켰다.

'식인 괴물이다!'

유건재의 말을 반신반의했던 재현은 괴물을 똑똑히 목격했다. 그는 준비해 온 총을 꺼내 이금주의 이마를 쐈다. 쓰러진 이금주의 입가에서 흐르는 피가 재현의 피인지 이금주의 피인지 알 수 없었다. 이금주는 그 자리에서 즉사했고, 재현은 자신의 다리에서 철철 흐르는 피를 바라보며 정신을 잃었다.

"괴물이었습니다."

재현의 말에 은옥은 눈을 질끈 감았다.

"아무도 제 말을 안 믿을 거예요."
"맞아요. 아무도 믿지 않을 겁니다. 저 역시 제 말을 믿는 사람을 보지 못했어요. 괴물한테 당했

4장 괴물 냄새

다고 말했더니 담당 변호사도 비웃었죠. 검사는 '성폭행을 하려다 거부당하자 총을 쏜 거 아니냐'면서 도리어 저를 괴물 취급했어요. 결국 저는 불법 강압 수사를 하다 참고인을 사망케 한 전직 경찰관이 됐을 뿐이죠."

"그런 괴물이 더 있나요?"

"글쎄요. 여럿인 것은 확실합니다. 사모님. 목사님과 사모님을 공격한 건 무엇이었죠?"

"짐승이 아니었어요. 선생님 말씀이 맞아요."

은옥은 가만히 고개를 끄덕였다.

"희영이가 괴물이 됐나요?"

은옥은 괴로운 표정으로 이번에도 고개를 끄덕였다.

"네발로 기듯이 움직이더니 저희 남편을 물어뜯었어요."

석중은 은옥과 재현의 대화를 믿을 수 없다는 듯 놀란 표정으로 듣고 있었다.

"희영이는 그 괴물 중 한 명이었던 최유정의 딸입니다. 희영이도 온몸에 붉은 반점이 있나요?"

재현의 질문에 은옥이 고개를 저었다.

"아니요. 그렇진 않아요. 근데 애가 날것만 먹었

어요. 그 모습이… 너무 혐오스러웠어요."

"1월 4일에 성포산 캠핑은 왜 가신 겁니까?"

재현의 질문에 은옥이 말하기를 꺼리다, 이내 더 이상 숨길 것이 없다는 듯 털어놓았다.

"누가 희영이를 데려가기로 했어요. 유괴해 주겠다고 하길래 잘됐다 싶었어요. 우리 부부는 희영이를 어떻게 해야 할지 몰라서 너무 괴로웠거든요."

"누가 데려간다고 한 거죠?"

"여자예요. 나이가 50은 넘어 보였는데… 덩치가 컸어요. 그냥 아이가 필요한 여자겠거니 했어요. 그 여자가 누구든 상관없었어요. 희영이를 데려가 주기만 하면 된다고 생각했어요."

재현은 그 여자가 누군지 알겠다는 듯이 고개를 끄덕였다.

"희영이가 가지고 있는 선 아주 나쁜 유전집니다. 그건 그렇고, 사모님은 그 아이가 지금 동생분 집에 있다는 거 알고 계십니까?"

재현의 말에 은옥은 끔찍한 일이라도 목격한 것처럼 비명을 질렀다. 근처에서 휴식 중이던 간호사와 의사가 달려오자 재현은 별일 아니라며 그들을 손짓으로 물리쳤다.

4장 괴물 냄새

"제가 괴물에게서 진짜로 벗어날 수 있는 방법을 알려 드리려고 합니다."

은옥이 그제야 서서히 진정했다.

"어떤 방법인가요?"

"모두에게 알리는 겁니다. 그래야 부군의 억울함과 저의 억울함을 풀고, 사모님과 사모님의 가족들을 지킬 수 있습니다. 충분한 희생을 치르셨습니다. 이제 그 괴물을 멈춰야지요."

은옥은 어떤 일이 벌어지고 있고 자신이 무슨 선택을 해야 하는지 도무지 알 수 없었다.

"또 한 가지 부탁을 드리자면, 이번엔 제가 그 아이를 좀 데려가고 싶은데요."

은옥은 재현이 실현 가능한 이야기를 하고 있는지 판단할 여유가 없었다. 재현의 제안에 응하는 것 말고는 다른 방법이 떠오르질 않았다. 은옥은 그저 재현이 자신을 대신해 이 복잡하고 혼란스러운 문제들을 해결해 주기를 바랐다.

3

석중은 재현과 은옥의 대화가 끝난 후 택시를 타고

혼자 용혜의 집으로 향했다. 아무리 생각해도 은옥과 재현이 나눈 이야기들을 완전히 믿기는 힘들었다. 재현에게 '식인 괴물'에 대한 이야기를 들은 뒤로 석중은 수많은 식인 관련 자료를 찾아보았다. 죽은 친족을 먹은 파푸아 뉴기니 포레족의 의식에서부터, 전쟁 포로를 먹은 남미 원주민들의 관습에 이르기까지. 하지만 모든 사례는 종교적 의식이나 권력 과시를 위한 것이었다. 재현이 말했던 순수한 본능에 의한 식인은 어디에도 없었다. 처음엔 재현의 이야기가 흥미로워 도왔지만, 시간이 갈수록 누군가가 연출한 연극 무대 위에 서 있는 기분이 들어 불편해졌다.

용혜의 집 현관문 앞에 선 석중은 가만히 벨을 눌렀다.

"주 경사님…."

안에서 아무런 응답이 없어, 석중은 두어 록 비밀번호를 눌렀다. 그리고 도둑처럼 조심스레 용혜의 집 안으로 들어섰다. 차마 전등은 켜지 못하고 어둠 속에서 서성였다.

이내 주방으로 향한 석중은 냉장고 문을 열었다. 용혜가 늘 꺼내 먹던 생고기가 바로 눈앞에 있었다. 석중은 떨리는 손으로 포장을 뜯었다. 영상 속 용혜의 모습을 떠올리며, 날것 그대로의 고기를 입에 넣었다. 차가운 고기가 입안에서 씹히는 감각에 온몸의 털이 곤두섰다. 비린 피 냄새가 코를 찔렀고, 씹을수록 질겨지는 육질이 구역감을 불러일으켰다.

'어떻게 이걸 먹을 수 있지?'

석중은 육식 동물의 소화 기관에 대한 정보를 떠올렸다. 강력한 위산으로 날고기를 소화할 수 있는 동물들도 익힌 고기를 잘 먹을 수 있다. 그들이 날것을 찾는 이유는 불을 사용할 수 없어서이기도 하지만, 본능에 가까운 사냥 습성 때문이라고 했다. 하지만 인간이, 그것도 젊은 여성 경찰이 이런 걸 먹는다는 건 도저히 이해할 수 없는 일이었다.

용혜의 침실은 마치 수사 본부 같았다. 벽에는 지도가 붙어 있고, 책상 위엔 서류들이 어지럽게 놓여 있었다. 서랍을 여니 용혜의 사진이 여러 장 나왔다. 석중은 사진 속 용혜의 눈을 오래도록 들여다봤다. 석중의 카메라 앞에서는 늘 날카롭게 경계하는 눈빛을 보였는데, 이 사진 속 눈빛은 외롭고 쓸쓸해 보였다. 용혜가 특이한 존재라는 건 확실했지만 석중에게 그 점은 공포가 아닌 매혹으로 다가왔다. 카메라 뒤에 숨어 타인을 관찰하는 자신과 달리, 용혜는 자신의 본성을 감추었을지언정 타인과 적극적으로 교류하며 당당하게 살아가고 있었다. 그런 용혜가 괴물이라는 걸 석중은 믿기가 힘들었다.

집으로 돌아온 석중은 습관처럼 노트북을 켰다. '움직임이 감지됐다'는 알람과 함께 녹화된 영상이 화면에 떴다. 영상 속에는 용혜의 집 안을 서성이는 석중의 모습이 담겨 있었다. 꼭 스토커처럼 보였다. 카메라에 찍힌 자신이 낯설고 역겨웠다.

'내가 지금 뭘 하고 있는 거지?'

재현과 함께 움직이다 보니 여기까지 와 버렸다. 재현은 은옥에게 희영이를 납치하는 것을 허락해 달라고 했다. 여덟 살 아이를 '괴물'이라 부르며 격리하겠다던 그의 말이 석중의 머릿속을 맴돌았다.

4

경기도 주산시에 있던 도신케미컬은 2010년경에 충청남도 운양시로 이전했다. 용혜는 무턱대고 운양시로 향했다. 이강심, 송채희, 최유정과 이재현이 죽인 이금주에 대한 기록이 회사에 남아 있는지 알고 싶었다. 그리고 무엇보다 사진 속 다섯 명 중

나머지 한 명의 행방이 궁금했다.

두 시간여를 운전해 운양시 외곽의 도신케미컬에 도착했다. 예상보다 훨씬 큰 규모의 회사였다. 과거 주산시에 있던 낡은 공장과는 비교도 안 될 만큼 현대화된 시설이 늘어서 있었다. 정문 경비실에서 신분 확인을 마치고 인사관리팀을 방문해 경찰 신분증을 내밀었지만 젊은 직원은 과거 근무자들의 기록 공개를 망설였다. 아무리 경찰이 왔다 해도 공문과 수사 협조 요청서가 없으면 직원들의 개인 정보를 알려 주지 않으리라는 걸 용혜도 예상은 했다.

"그럼, 아주 오래전에 근무했던 분들의 기록이 남아 있는지만 확인해 주세요. 만약에 있다면 수사 협조 요청서 가지고 다시 올게요."

직원은 그 부탁까지는 거절하기 힘들었는지 용혜가 확인을 요청한 이강심, 송채희, 최유정의 근무 기록을 살폈다.

"어, 있어요. 세 사람 모두 96년에 퇴사했어요."
"혹시 퇴사 사유를 알 수 있을까요?"
"그냥, 개인 사정이라고만 적혀 있어요."
"이금주라는 직원은 사망에 의해서 퇴사를 한 거고요?"

직원은 이금주의 인사 기록을 읽더니, 조금 놀란 듯 화면을 응시했다.

"아…. 그렇네요."

"그럼, 혹시 박유성이라는 직원이 있었나요?"

용혜는 이강심의 유골함 앞 사진 속 마지막 한 명이 박유성이라고 짐작했기에 조심스레 직원에게 물었다. 이강심의 유골을 납골당에 안치하고, 송채희의 장례식장에서 유건재와 대화를 나눴다는 그 여자가 다섯 명 중에서 제일 키가 크고 호탕한 미소가 눈에 띄는 그 사람일 것 같았다.

"잠시만요."

전산망을 뒤지던 직원이 고개를 갸우뚱했다.

"그런 이름의 직원은 없는데요."

직원에게 뭐라고 물어봐야 박유성의 과거 거주지를 알아낼 수 있을까 궁리하던 용혜는 직원의 말에 당황했다.

"정말로 없는 건가요?"

"혹시… 김관? 이 사람 찾으시는 건 아니고요? 보니까 아까 찾으셨던 이강심, 송채희, 최유정, 이금주하고 김관이라는 사람이 기숙사 309호를 같이 썼었네요."

"기숙사요?"

4장 괴물 냄새

직원의 컴퓨터와 좀 떨어진 곳에 서 있던 용혜는 저도 모르게 화면 앞으로 다가가 김관의 이력서를 살폈다.

오래된 서류를 스캔해서 그런지 화면에 뜬 인사 카드의 이미지는 선명하지 않았다. 하지만 용혜는 인사 카드에 붙어 있는 사진 속 여자의 얼굴을 바로 알아봤다. 유일하게 행방을 알 수 없었던 마지막 한 명이었다.

"이분은 퇴사 사유가 어떻게 되나요?"

"건강상의 이유로 1996년에 퇴사했어요. 기숙사에서 한방에 살던 사람들이 다 같이 퇴사를 했네요. 아마도 같이 방을 쓰던 이금주라는 사람이 죽게 돼서 좀 충격을 받았나 봐요."

용혜는 여기까지 온 김에 유건재의 퇴사 사유도 알아봐야겠다고 생각했다. 사진을 내밀며 유건재의 이름을 말하자, 관리팀 직원은 눈을 크게 떴다.

"어, 이 사람…. 잠깐만요. 팀장님!"

직원은 용혜가 내민 사진을 들고 팀장 자리에 직접 가서 대화하기 시작했다. 그사이 용혜는 인사 카드에 적힌 김관의 주민 등록 번호를 재빨리 핸드폰 카메라로 찍었다.

자리로 돌아온 직원은 유건재의 사진을 용혜에

게 건네며 말했다.

"작년에 회사에서 제가 봤던 사람 같아서 확인했는데 맞네요."

"작년에 여길 왔다고요?"

"네. 사장실에 들어가려고 하는 걸 경찰까지 불러서 막았어요."

"혹시 무슨 이유 때문인지 기억나세요?"

"자식이 병에 걸렸다고 했어요. 이 회사에서 일하다가 자기 몸이 나빠지는 바람에 자기 자식한테 피부병이 생겼다나…."

"피부병이요?"

"찾아보니까 2007년에 관둔 사람이던데 이제 와서 그러는 게 말이 안 되잖아요."

직원은 잠시 망설이다 말을 이었다.

"2007년에 태어난 자기 딸 몸에 빨간 점이 있다고 그랬더가? 그게 여기서 자기가 다룬 화학 물질 때문이라고 하는데, 저희 안정성 검사 다 마쳤거든요. 그 생산 공장에서 지금 100명이 넘는 직원이 일하지만 화학 물질 문제로 병원 다니는 직원은 없어요."

용혜는 유건재의 딸 지현이가 목도리를 두르고 장갑을 끼어 얼굴 아래 피부를 전혀 드러내지 않았

4장 괴물 냄새

던 것을 떠올렸다.

"아무튼 이분이 산재 보상을 해 달라고 노동조합 찾아가서도 난리를 피웠는데, 이런 산재 같은 경우는 집단 발병 사례가 있어야 인정되거든요…. 노동조합에서 당시 근무자 중 비슷한 병을 앓은 사람이 있냐고 물어보니까 이 사람이 여러 명 있다고, 자기가 전부 찾아오겠다고 했었어요."

"그리고요?"

"뭐, 어디 한번 찾아와 봐라. 그때 다시 얘기하자. 이렇게 구슬려서 보냈어요."

"유건재 씨가 회사를 다닐 때는 회사에 별다른 이슈가 없었나요?"

"글쎄요. 저희가 그렇게까지 자세한 기록은 하지 않아서."

1995년이면 너무 오래전이라 당시 상황을 기억하는 사람은 사무실에 아무도 없었다. 그 무렵 공장에 다니던 사람들은 대부분 퇴직한 상태였다.

도신케미컬의 회색빛 콘크리트 건물을 빠져나온 용혜는 주차장으로 향하며 공장 이곳저곳을 살폈다. 거대한 탱크와 실린더마다 위험물 경고 표지판이 붙어 있었고, 굴뚝에서는 검은 연기가 끊임없이 피어올랐다.

고개를 돌려 보니 공장 앞 작은 쉼터에서 젊은 여성들이 휴식을 취하고 있었다. 다섯 명이 모여 웃고 떠드는 모습이 1995년도 사진과 겹쳐 보였다.

주차장에 도착한 용혜는 차에 타자마자 승규에게 전화를 걸었다.

"어디야? 휴가는 잘 보내고 있냐?"

"승규 선배….''

용혜는 잠시 망설였다. 개인적인 부탁을 하려니 말문을 떼기가 쉽지 않았다.

"어떤 사람의 현재 거주지를 알고 싶어서요. 제가 이름이랑 주민 등록 번호 알려 드릴게요."

"갑자기? 뭔데. 실종 사건이야?"

"네. 어쩌면 제 친모랑 연관된 사람일 수도 있어서요."

"친모?"

"자세한 건 서로 복귀하면 말씀드릴게요. 거주지를 한 번만 알아봐 주세요. 문제가 생기면 제가 다 책임질게요."

승규는 뭔가 생각하는지 한참 대답이 없었다.

"그래. 네가 쉬고 싶어서 휴가를 썼을 거라고는 생각 안 했어. 불러 봐."

"이름은 김관, 주민 등록 번호는 700912-2×××

4장 괴물 냄새

×××이에요."

"알겠어. 결과 나오면 바로 알려 줄게."

"감사해요."

"몸 사리면서 해. 혼자 이상한 거 알아본다고 막 돌아다니지 말고!"

"네. 고마워요."

통화를 마치고 나니 급격한 피로와 허기가 몰려왔다. 차에 타자마자 미리 챙겨 온 가방에서 생고기를 꺼내 우걱우걱 씹어 삼켰다. 용혜는 도신케미컬의 굴뚝에서 솟아오르는 불길한 검은 연기를 바라보며 머릿속을 휘젓고 있는 복잡한 생각들을 정리하려 했다.

한가롭지만 불안한 시간을 보내고 있을 즈음 승규에게서 전화가 왔다.

"야, 인마. 너 유건재 사건 혼자서 알아보고 다니는 거야?"

"네? 아니… 그게…."

유건재와 관련이 있는 일을 조사 중이긴 하지만, 김관의 정보를 알고자 한 이유는 사실상 개인적인 것이었기에 용혜는 대답을 망설였다.

"네가 준 주민 등록 번호, 그 김관이라는 사람 말이야. 그 사람이 박유성이야!"

"네?"

"이강심 납골당 계약한 친구 박유성 말이야. 그 사람 번호가 유건재 핸드폰에는 김관이라는 이름으로 저장되어 있었어."

"개명한 거예요?"

"아니야. 추모원이랑 계약할 때만 박유성이라는 다른 이름을 쓴 거 같아. 그런데 수상한 게, 네가 준 주민 등록 번호로 검색해 보니 김관도 장기 실종자야."

"네? 그 사람이랑 유건재가 통화한 기록이 핸드폰에 남아 있다면서요. 수사가 안 됐나요?"

"그게, 유건재 핸드폰에 '김관'으로 저장되어 있는 핸드폰 번호 명의자는 김관이 아니야."

"그럼?"

"명의자는 설선주."

"설선주요?"

"그래. 박유성 관련해서 여기까지 추석하나 사건 이관하면서 조사를 멈췄어. 어떻게 할까? 명의자 설선주의 거주지라도 알아봐 줘?"

"아니에요. 고마워요, 선배."

용혜의 온몸이 얼어붙었다. 설선주는 용혜의 엄마였다. 김관이라는 이름으로 저장된 번호의 명의자가 왜 자신의 엄마인 걸까. 게다가 이강심의 유골

4장 괴물 냄새

을 납골당에 봉안하고 안치 비용까지 내고 있는 박유성과 김관은 동일 인물일 확률이 컸다.

용혜는 운전석 위치를 앞으로 당긴 후, 내비게이션에 강화도 본가의 주소를 찍었다. 예상 이동 시간은 거의 세 시간이었다. 밤이 되어서야 강화도에 도착할 듯싶었다. 오랫동안 엄마와 거리를 두고 살아왔다. 무슨 말부터 건네야 할지, 머릿속이 뒤죽박죽이었다. 그동안 엄마에게 차마 하지 못했던 질문들을 이번 기회에 꺼낼 수 있을지도 모른다. 할 말은 이동하면서 정리하기로 마음먹고, 용혜는 일단 강화도를 향해 출발했다.

5

은주는 기계적으로 둘째한테 이유식을 먹이고, 빨래를 개고, 저녁 준비를 했다. 아이 둘을 돌보기만 해도 이 시간쯤이면 녹초가 되는데, 희영이는 오늘도 먹은 음식을 전부 토해 내면서 종일 굶었다. 언니 은옥의 말대로 희영이를 계속 데리고 있다가는 자신과 희영이 모두에게 큰일이 날 것 같았다. 담당 경찰에게 연락을 해야겠다고 생각하던 그때, 은옥에게서 전화가 걸려 왔다. 목소리가 다급했다.

"너, 내 말 잘 들어. 당장 희영이 내보내!"
"언니. 알아. 무슨 뜻인지 아는데… 보호 시설로 보내려면 밟아야 하는 절차가 있어서 며칠만 우리 집에…"

은옥은 은주의 말을 끊고 단호한 어조로 말을 이었다.

"당장 내보내! 희영이가 그 집에 있으면 너도 너네 애들도 위험하다고!"
"내가 그래도 잘 돌보고…"
"우리 남편 그렇게 만든 게 희영이라니까!"

은주는, 은옥의 말을 곧바로 이해하지 못했다.

"그 아이는 사람이 아니야! 악마라고. 사탄!"
"언니…."

은주는 은옥이 하는 말이 지나치다고 생각했다. 자신이 알고 있던 언니가 아니었다. 아무리 형부가 그런 비극적인 일을 당했기로서니 사람이 이렇게까지 무너질 수 있는 건가 싶었다.

"걔가 너희 애들까지 죽이기 전에 당장 그 집에서 내보내라고!"
"무슨 그런 끔찍한 말을 해!"

은주가 자신의 말을 이해하지 못하자 은옥은 더 크게 소리를 지르기 시작했다.

4장 괴물 냄새

"당장!! 당장 내보내!!"

은주도 이미 한계에 다다른 상태였다. 희영이를 다른 곳으로 보낸다고 하면 사정을 알 리 없는 주변 사람들이 조카를 내쫓았다고 손가락질할까 걱정됐지만, 이대로 계속 희영이와 함께 살 수는 없었다. 은옥의 현재 상태와 자신의 상황을 사람들에게 일일이 설명할 수도 없었다.

"배고파요."

통화를 마친 은주에게 삐쩍 마른 희영이가 다가왔다. 은주는 냉장고에서 계란과 밥을 꺼내 프라이팬에 볶았다. 잘 먹지 못하는 희영이를 위해 밥 위에 설탕을 뿌렸고 김치는 물에 씻어 내놓았다. 희영이는 숟가락조차 들지 않고 먹기를 거부했다.

"이거 싫어."

먹고 토하기를 반복하는 희영이가 안쓰럽게 느껴질 때도 있었지만 이제는 은주도 지칠 대로 지쳐있었다.

"먹기 싫으면 먹지 마!"

은주는 희영이를 위해 만들었던 음식을 그대로 싱크대에 쏟아부었다.

"너도 굶어 봐야 음식이 얼마나 소중한지 알지."

은주는 거실에 희영이를 남겨 둔 채로 안방에 들어가 문을 쾅 닫았다.

시간이 얼마나 지났을까? 둘째 민성이의 울음소리에 은주는 선잠에서 깨어났다. 우는 민성이를 달래다 보니 거실에서 달그락거리는 소리가 들렸다.

"민지야?"

남편은 아직 퇴근하기 전이었다. 희영이는 방에 들어갔을 테니 거실에서 민지가 혼자 놀고 있는 것 같았다.

"민지야, 뭐 하고 있어?"

민성이를 안고 거실로 나온 은주는 그대로 얼어붙었다. 냉장고의 모든 문이 열려 있었다. 그 앞에서 희영이가 생고기를 뜯어 먹고 있었다. 핏물이 입가와 옷에 흥건했다. 희영이 옆에서는 역시 입 주변에 핏물을 묻힌 민지가 우웩하며 먹은 걸 토하는 중이었다. 희영이를 따라 하다가 탈이 난 것 같았다.

"너, 뭐 하는 거야!"

은주가 소리를 치는데도 희영이는 아무 일도 없다는 듯 평온한 표정으로 생고기를 먹었다.

"배고파서요."

언니 은옥이 조금 전의 통화에서 외쳤던 말이 떠

4장 괴물 냄새

올랐다.

"그 아이는 사람이 아니야! 악마라고. 사탄!"

은주는 겁에 질려 민지를 안고 부부 침실로 들어가 문을 걸어 잠갔다. 바로 남편에게 전화를 했지만 남편은 전화를 받지 않았다. 은주는 다시 은옥에게 연락을 했다. 은옥은 바로 전화를 받고는 어떤 문제를 예감했다는 듯 말했다.

"무슨 일 있지!"
"언니…. 나 어떡해. 희영이… 희영이가… 너무 무서워."

은주는 울음을 터뜨렸다.

"너, 내 말 잘 들어. 경찰에 신고하지 말고 이대로 조용히 있어."
"아무것도 하지 말라고?"
"그냥 현관문을 아주 살짝만 열어 두면 돼. 아주 조금만…."
"그다음엔?"
"네 아이들을 데리고 안방으로 가서 문 잠그고 그냥 가만히 있으면 돼. 모른 척하면 된다고."

은옥과의 통화를 마친 은주는 현관문을 열고 문틈에 도어 스토퍼를 끼워 문이 완전히 닫히지 않도록 했다. 아파트 복도의 냉기가 실내로 훅- 들어왔다. 그러고 나서 은주는 민지와 민성이를 데리고 안방으로 들어가 문을 걸어 잠갔다. 거실에는 영문을 모르고 있는 희영이만이 혼자 남았다.

6

한밤중의 강릉행 고속도로는 한산했다. 재현의 차 안에서는 라디오 소리만 낮게 울렸다. 조수석에 앉은 석중은 자신이 왜 강릉까지 동행해야 하나 싶어 혼란스러웠다.

은옥의 전화를 받은 재현은 모든 것이 순리대로 진행되고 있다고 생각했다. 핸드폰 너머로 들려오는 은옥의 울부짖음 속에는 동생 가족을 지켜 달라는 절박한 애원이 담겨 있었다. 재현은 이 순간을 기다려 왔다. 이제 희영이를 데려갈 명분이 생겼다.

"괴물은 한 명이 아닙니다. 지금 우리 곁에 있는 괴물만 해도 둘이나 되죠. 어쩌면 더 많은 괴물들이 숨어 있을지도 모르고요."

재현은 괴물의 존재를 세상 모두에게 폭로하겠다고 장담했다. 희영이와 용혜, 이 두 증거만 확보한다면 진실을 알릴 수 있다. 오랜 세월 살인자라며 손가락질받아 온 자신의 명예를 회복할 기회였다.

하지만 석중의 마음속에서는 불안감이 계속 커지고 있었다. 용혜의 특이한 식성을 처음 카메라에 담았을 때까지만 해도 석중은 흥분으로 들뜨기 바빴다. 그러나 여덟 살 아이가 성포산 살인 사건의 범인이라는 사실을 알게 된 순간부터 기분이 뒤숭숭해지기 시작했다. 재현이 희영이를 '포획'해야 한다고 말하자 등골이 서늘해지기까지 했다. 한 아이의 납치에 가담하게 될지도 모른다는 생각에 두려워졌다.

석중은 가지고 온 노트북으로 용혜의 집에 설치한 카메라가 촬영 중인 영상을 확인했다. 용혜의 모습은 보이지 않았다.

"아직까지 집에 들어오질 않았어요."

석중은 어두운 용혜의 집 주방에 서 있는 자신이 찍힌 영상을 떠올리곤 괴로운 표정으로 노트북을 닫았다.

"주용혜의 영상은 충분해. 이번 일이 성공하면 주용혜의 정체는 자연스럽게 드러나게 될 거야."

석중은 그렇게 단언하는 재현을 곁눈질로 살폈다. 재현이 한없이 낯설게 느껴졌다. 60대라는 나이와 어울리지 않는 듯한 광기 어린 열정이 그의 눈빛에서 번득였다. 재현이 끊임없이 반복해서 들려주는 30년 전 경찰 시절의 무용담을 듣고 있자니 그의 시간은 그 무렵에 멈춰 있는 것 같다는 생각이 들었다. 1990년대에 발이 묶인 채 살아가는 남자의 말을 온전히 믿어도 되는 걸까, 하는 의심이 일었다.

재현은 석중의 망설임을 간파했다.

"선생은 참 훌륭한 일을 하고 있어. 카메라로 무얼 찍는다는 게 대단해. 카메라는 거짓말을 안 하니까. 나도 촬영을 할 줄 알았다면 억울한 일을 겪지 않아도 됐을 텐데. 그때 괴물의 존재를 세상에 알렸다면 성포산 사건 희생자도 나오지 않았을 거고."

"오늘 저희가 뭘 찍을 수 있을까요?"

석중이 조심스레 물었다.

"굉장한 걸 찍게 될 거야. 소금만 기다리면 선생이 여태까지 카메라에 한 번도 담아 보지 못했던 역사적인 장면이 담길 거야."

재현이 자신 있게 대답했음에도, 의심을 품기 시작한 석중은 영 꺼림칙하다고 생각했다. 하지만 '굉장한 것'을 찍을 수 있다는 재현의 말에 석중은 카메라를 꽉 쥐었다.

4장 괴물 냄새

5장 카메라가 본 것

1

용혜는 산이 싫었다. 엄마와 아빠 때문이었다. 도예가인 부모님은 꽤 규칙적인 생활 패턴을 가지고 있었다. 오전 6시에 기상하면 항상 집 뒤의 산을 올랐다. 어린 용혜에게 산에 오르는 일은 일종의 숙제였다. 학교에 가기 싫어도 매일 가야 하듯이, 아빠와 엄마가 산에 오르자고 하면 억지로 따라나서야 했다. 용혜가 보기에는 엄마도 등산을 좋아하지 않았다. 깡마르고 체구가 작은 엄마는 하루 종일 몸을 숙인 채로 도자기를 빚다 보니 온갖 통증에 시달렸고, 체력이 좋지 않았다. 건강 관리가 필요해서 아빠를 따라 억지로 등산하는 것 같았다. 하지만 엄마는 꾸준했다. 일주일에 3일은 아빠와 함께 산을 올랐고, 엄마의 그 성실함이 용혜 눈에는 대단하게 보였다.

    중학생이 되면서 등산을 그만뒀던 용혜가 다시 산에 오른 건 고등학교에 진학하면서부터였다. 손을 잡고 함께 산을 올랐던 아빠와 엄마는 이제 곁에 없었다. 원인을 알 수 없는 불안과 슬픔이 밀려들면 혼자 산으로 갔다. "빌어먹을 산." 욕을 내뱉으며 숨 가쁘게 산길을 걷다 보면 마음이 잠잠해졌고, 문득 부모님도 같은 이유로 산을 찾지 않았을까 하는 생각이 들었다.

    엄마는 용혜를 버렸다. 엄마가 열일곱 살이 된 용혜를 서울로 보낸 표면적인 이유는 입시 준비였지만, 입시는 핑계일 뿐이라는 걸 용혜는 알고 있었다. 아빠가 실종된 이후로 엄마는 혼자 있고 싶어 했다.

    용혜는 세 살 때 입양됐다. 엄마는 자궁 내막암 때문에 자궁을 적출해 아이를 가질 수 없었기에 용혜를 입양했다고 했다. 용혜는 엄마에게 사랑받는다고 느낀 적이 한 번도 없었다. 용혜가 중학교를 졸업했을 때, 엄마는 서울의 고등학교로 진학하는 게 어떻겠냐고 제안했다. 그 제안을 받아들인 용혜는 서울에서 살 집을 구하려고 돌아다니다 한 오피스텔에서 쾨쾨한 곰팡이 냄새를 맡았다. 왠지 모르게 덜컥 무서운 기분이 들어 용혜는 엄마를 붙잡고 울었다.

"나 여기서 혼자 살기 싫어. 다시 강화도로 내려갈래."

"용혜야. 나는 너랑 같이 사는 방법을 몰라. 이제 너는 혼자 살아가는 길을 찾아야 해. 생활비랑 필요한 돈은 엄마가 너 성인 될 때까지 부족하지 않게 보내 줄 거야."

"왜 날 버리려고 그래? 돈 필요 없으니까 그냥 파양을 해!"

"엄마는 너를 미워하지 않아. 파양하고 싶지도 않아."

"근데 왜 날 버려? 왜? 왜!"

엄마의 표정이 순간 일그러졌다. 공허한 눈빛으로 용혜를 바라보며 엄마가 한 글자씩 또박또박 내뱉은 말을 용혜는 지금도 생생히 기억하고 있다.

난. 네 가. 무. 서. 워.

용혜는 밤마다 계속 그 말을 곱씹고 되뇌었다. 그 말은 오랫동안 용혜의 가슴에 깊은 상처로 남았다.

'내가 무섭다고? 아니야. 엄마는 그냥 비겁한 거야. 아빠가 사라지고 나니까 나를 버리고 싶어진 거야.'

5장 카메라가 본 것

그런 결론을 내려야만 겨우 잠들 수 있었다.

용혜의 본가는 강화도 시내에서 한참 떨어진 곳, 지유산 바로 앞에 위치해 있었다. 근처에 다른 집들이 없어 멀리서도 불빛으로 쉽게 알아볼 수 있었다.

용혜는 명절이나 큰일이 있을 때 외에는 엄마와 거의 연락하지 않았다. 아빠의 실종 이후로 급격하게 나빠진 엄마와의 관계를 회복할 방법은 없을 거라고 여겨 왔다.

이제야 용혜는 엄마가 무엇을 무서워했고, 왜 자신을 서울로 유학 보내면서까지 멀리하려 했는지 이해할 수 있을 것 같았다. 엄마는 아마도 알고 있을 것이다. 용혜가 평범한 사람이 아니란 것을. 그리고 어쩌면 아빠의 실종과 관련한 일로 용혜가 엄마에게 잊지 못할 상처를 줬을지도 모른다는 생각이 들었다.

왜 엄마가 김관의 핸드폰 명의자인 걸까? 재현이 죽인 이금주가 자신의 친모인 걸까? 그리고, 자신이 아빠를 죽인 걸까? 복잡한 의문들로 머릿속이 가득 찼다. 해답이 무엇인지 명확히 알고 싶었다.

용혜의 차가 집 앞에 정차하자마자 거실에 불이 켜졌고 엄마가 현관문을 열었다. 워낙 고요한 곳이기에 차가 다가오는 소리를 들은 모양이었다.

"아니, 전화도 없이 웬일이야?"

"근처에 일이 있었어."

데면데면하게 인사를 하고, 용혜는 집 안으로 들어섰다. 강화도 집은 언제 봐도 예전 모습 그대로였다. 친구도 가족도 없이 매일 도자기를 구우며 혼자 지내고 있을 엄마가 문득 가엾게 느껴졌다.

"자고 갈 거니?"

"왜? 내가 그냥 갔으면 좋겠어?"

용혜는 자기도 모르게 날 선 말을 내뱉었다.

"네가 하고 싶은 대로 해."

불편한 기류를 피해 안방으로 향하는 엄마 선주에게 용혜가 물었다.

"김관이랑 엄마랑 무슨 사이야?"

선주가 멈춰 서서, 용혜를 바라봤다.

"김관?"

"그래. 처음 듣는 척하지 마. 다 알고 왔어. 엄마가 핸드폰 명의까지 빌려준 사람이잖아."

"잘 모르겠어."

선주의 말투는 기계적이었다. 마치 오래전부터 준비해 둔 대답처럼 건조했다. 용혜는 협탁 위에 있

5장 카메라가 본 것

던 선주의 핸드폰을 들고 김관의 연락처를 찾아 전화를 걸었다.

"너 뭐 하는 거야!"

당황한 선주가 핸드폰을 낚아채려 했지만 용혜는 한 발짝 물러서며 핸드폰을 꽉 쥐었다. 용혜는 김관의 전화번호를 확보한 뒤로 계속 통화를 시도했지만, 지금까지는 한 번도 성공하지 못했다. 하지만 선주의 핸드폰으로 연락하니 통화 연결음이 몇 번 울리지도 않았는데 빠르게 전화를 받은 중년의 여자 목소리를 들을 수 있었다.

"여보세요?"
"안녕하세요. 김관 씨?"
"누구…."
"주용혜라고 합니다. 저 아세요? 설선주 딸, 주용혜요."

핸드폰 너머로 숨을 들이마시는 소리가 들렸다. 이어진 침묵이 영원처럼 느껴졌다.

"왜…. 무슨 일이 났나요?"

그 순간 선주가 용혜의 손에서 핸드폰을 가로챘다. 항상 차분하게 움직였던 선주의 손이 떨리고 있었다. 선주는 바로 통화 종료 버튼을 눌러 버렸다.

"뭐 하는 짓이야?"

"엄마, 이 사람이랑 무슨 관계야?"

"몰라!"

"엄만 알고 있지? 이 사람도 나도 돌연변이잖아. 사람이 아니잖아."

"누가 그래?!"

선주의 절규가 집 안을 울렸다. 그 날카로운 반응에 용혜는 깜짝 놀랐다.

"그 사람은… 그냥 너를 낳은 여자의 옛 친구일 뿐이야."

용혜는 경찰의 강압 수사로 죽었다던 사람의 이름을 떠올렸다.

"이금주? 그 사람이 내 친엄마야?"

선주의 얼굴색이 창백하게 변했다. 그제야 용혜가 정말로 모든 것을 알고 왔다는 사실을 깨달은 듯했다.

"너를 보육원에서 데려온 건 맞아. 네가 평범하지 않다는 건 나도 알고 있었어. 그래서 네가 가진 특별함을 이해하려고 노력했어."

"왜 김관의 핸드폰 명의자가 엄마야?"

선주는 힘이 빠졌는지 그대로 거실 바닥에 쓰러지듯 앉았다.

5장 카메라가 본 것

"너 예전에 하굣길에서 만났던 사람 기억 못 하니? 너에게 처음으로 생고기를 건넸던 사람."

용혜가 100을 먹으면 그중 20을 소화시키고 나머지 80을 토해 내던 초등학교 시절의 일이었다.

"용혜야."

겨울임에도 얇은 점퍼를 입은 여자는 마치 오래전부터 이 만남을 기다렸다는 듯 여유로운 미소를 짓고 있었다. 용혜는 자신의 이름을 아는 사람이니 엄마 친구일 거라 생각하고 꾸벅 인사를 했다.

"안녕하세요."
"그래. 내가 누군지 모르지? 뭐, 기억 못 하겠지."

여자는 껄껄 웃었다. 그 웃음소리에서 묘한 친밀감이 묻어났다. 이상한 느낌을 주는 여자였다. 자신과 가까운 사람 같기도 했지만, 경계해야 할 사람 같기도 했다.

"누구세요?"
"너 참 말랐구나."

여자는 용혜의 얼굴을 찬찬히 뜯어보았다. 그 눈빛에는 연민과 애정이 깃들어 있었다.

"맛있는 냄새가 나요."

용혜가 갑자기 킁킁거리며 냄새를 맡자, 여자는 용혜를 불쌍하게 바라봤다.

"아무것도 먹지를 못하나 봐. 배고프니?"

용혜는 늘 허기져 있었지만 고개를 절레절레 저었다.

"거짓말."

여자가 주위를 살피더니 무언가를 내밀었다.

"이거 먹을래?"

작고 선명한 붉은빛의 고깃덩어리. 용혜는 망설임 없이 그것을 입에 넣었다. 그동안 한 번도 느껴보지 못했던 식감이 입안을 감쌌다. 부드럽고 말캉한 감촉이 온몸에 퍼지듯이 흘렀다. 그리고 신기하게도 구역질이 나지 않았다.

"먹을 만해요."
"그치? 그건 먹어도 괜찮지?"

여자는 그 대답을 기다렸다는 듯 다정한 미소를 지으며 무릎을 꿇고 용혜와 눈을 맞췄다.

"아줌마랑 같이 갈래? 이런 거 매일 많이 먹자."
"싫어요. 사람들은 이런 거 안 먹잖아요."
"용혜야!"

그때, 멀리서 엄마가 용혜를 부르며 달려왔다.

5장 카메라가 본 것

엄마는 용혜의 손목을 세게 잡고는 용혜를 이끌고 성큼성큼 걸어 그 자리를 벗어났다. 용혜가 뒤돌아 여자를 바라보자, 엄마는 크게 화를 냈다.

"모르는 사람이랑 얘기하지 말라고 그랬지! 낯선 사람이 주는 걸 넙죽 받아먹으면 어떡해!!"

용혜는 그날을 기억하고 있었다. 키도 덩치도 컸던 여자의 실루엣과 그 여자의 몸에서 나던 특유의 냄새까지.

"그 사람은 그 전에도 그 이후에도 몇 번 더 여기에 왔었어."
"왜?"
"너를 데려가고 싶어 했어. 어차피 평범하게 살아갈 수 없는 아이라면서…. 그 사람은 네가 자신이 사는 방식대로 살아가길 원했어."

선주는 급작스런 스트레스에 두통이 왔는지 서랍장에서 진통제 한 알을 꺼내 먹었다.

"나도 네가 언젠가는 그 사람을 만나야 한다고 생각했어. 하지만 그 전에 네가 혼자서 살아 나갈 방법을 찾길 바랐어. 어떻게든 사람들과 어울려 살아갈 방법을. 혼자 살다 보면 뜻하지 않게 위험해질 수도 있을 것 같아서… 그때 그 사람이 널 도와줄 수 있도록 내가 지원을 한 거야. 명의가 필요한 것들, 신용 카드라든가 핸드폰 같은 것들…. 그 사람은 세상에 없는 사람이니까."

"왜? 엄마가 왜… 그 사람을 도와줘?"

선주의 얼굴이 슬픔으로 뒤덮였다.

"죽으면 안 된다고 생각했어, 그 사람만큼은. 너랑 비슷한 사람들이 다 죽어 버리면… 너도 살 수 없을 거 같아서…."

용혜는 선주의 이야기를 가만히 곱씹었다. 그리고 그동안은 차마 할 수 없었던 이야기를 꺼냈다.

"엄마도 다 알고 있었구나."
"뭘?"
"내가 괴물이란 걸."

괴물이란 단어를 들은 선주는 격한 감정에 휩싸였다.

"난 그 사람도 너도 괴물이라고 생각하지 않아. 그냥… 다른 진화 과정을 거쳤을 뿐이라고 생각해. 그러니까 너는 멸종되지 않은 좀 다른 종류의 인간인 거야."

선주의 생각을 들은 용혜는, 지금이야말로 가장 궁금했던 것을 물어야 할 때라고 판단했다.

5장 카메라가 본 것

"내가 아빠를 죽이고 먹은 거야?"

선주는 아무런 대답도 할 수 없었다. 침묵이 길어지고 선주의 입술이 떨렸다.

"아니. 넌 절대 아빠를 해치지 않았어."
"그럼 왜? 어째서 엄마는 아빠가 사라졌을 때 실종 신고도 하지 않고 슬퍼하지도 않았어?"
"넌 괴물이 아니야."

선주가 말을 마친 순간, 차가운 겨울바람이 매서운 칼날처럼 모녀 사이를 파고들었다. 그 틈으로 정적이 들어섰다. 한동안 이어진 정적은 선주의 핸드폰 벨 소리가 울리면서 깨졌다.

발신자는 김관이었다. 관은 목소리를 듣고 용혜가 전화를 받았다는 것을 알아챘다.

"만나고 싶어요. 당신이 유건재와 관련이 있다는 걸 알고 있어요."
"용혜야. 나도 널 만나야 해. 희영이 때문에…. 그 애는 사람을 죽였어."
"난 지금껏 아무도 죽이지 않았고 아무도 먹지 않았어요."
"그래. 하지만 희영이는 달라. 지금의 희영이는 진짜 괴물이야."

용혜는 얼마간 아무 말도 하지 못하다가 겨우 입

을 열었다.

"알겠어요. 자세한 이야기는 만나서 해요."

"날 만나는 건… 유령을 만나는 거니까 아무한 테도 말하면 안 돼. 그럴 수 있니?"

"좋아요. 어디로 가야 하죠?"

"용구산으로 오면 돼."

용혜는 순간 직감했다. 유건재도 이런 대화 끝에 김관을 만나러 용구산에 갔을 것이다. 자신의 흔적을 지우며, 세상에 없는 사람을 찾아서. 김관의 목소리는 따뜻하고 부드러웠다. 사람을 꾀어내는 유령의 목소리처럼. 유건재는 김관을 만나러 갔다가 사라진 것일까. 자신도 그곳에 가면 사라지게 되는 걸까? 용혜는 두려웠다.

"네 친엄마 금주 언니의 유해를 여기 용구산에 묻었어."

김관의 말에, 용혜는 저도 모르게 신음을 내뱉있다. 그 말이 미끼일지라도 사실이라면 용혜는 용구산에 가야만 했다.

"가지 마!"

옆에 있던 선주가 용혜에게 소리치자, 용혜는 서둘러 전화를 끊었다.

"가면 안 돼! 가지 마!"

5장 카메라가 본 것

"엄마…. 하지만 나는…"

"매일같이 네가 그 여자한테 가지 않아도 되길, 여기서 평범하게 살아 주길 기도하고 기도했어. 제발 가지 마!"

흥분한 선주는 소리를 지르며 울었고, 용혜는 가만히 선주를 감싸 안았다. 용혜는 엄마의 작은 몸도 엄마의 몸을 안는 일도 너무나 낯설어 서글펐다.

"알았어. 안 갈게. 오늘은 엄마 옆에 있을게."

오랫동안 용혜와 거리를 두었던 선주는 말없이 딸 용혜 품에 안긴 채로 고개를 끄덕였다.

2

재현이 초인종에 손을 뻗으려는 순간, 석중이 그의 앞을 막아섰다. 현관문은 도어 스토퍼에 걸린 채 살짝 열려 있었다. 석중이 조심스레 문을 열자, 재현이 신발을 신은 채 집 안으로 들어섰다. 불이 꺼진 거실의 창 너머로 들어오는 달빛이 아이의 실루엣을 드러냈다. 희영이였다. 희미하게 보이는 아이의 입가에는 생고기의 피가 묻어 있었다. 석중의 눈에는 그 모습이 작은 악마처럼 보였다.

"너구나. 네가 희영이구나."

재현이 허리를 숙여 희영이를 보며 미소 지었다. 몸을 일으킨 재현은 냉장고 앞에 어질러진 것들을 살폈다. 핏물로 얼룩진 바닥 위로 생고기 포장용 랩이 널브러져 있었다.

은주는 방 안에서 바깥을 향해 귀를 기울이는 중이었다. 문을 열고 나갈 용기 같은 건 없었다. 그저 아무것도 모르는 척 가만히 숨을 죽이고 있었다. 그 조용한 공기가 답답했는지 은주의 둘째 아이 민성이가 갑자기 울음을 터트렸다. "조용히 해."라며 민성이를 달래는 은주의 초조한 목소리가 재현의 귀에도 들렸다.

"아저씨랑 같이 가자."

재현이 희영이에게 손을 내밀었다.

"어디를요?"

"배고프지? 진짜 맛있는 걸 줄게. 여기서는 절대 먹을 수 없는 걸."

희영이는 잠시 머뭇거리더니 어두운 집 안을 돌아봤다. 아무도 자신을 붙잡지 않았다. 그래도 자신을 좋아해 준 민지에게는 작별 인사를 하고 싶었다.

"민지야. 잘 있어. 안녕."

5장 카메라가 본 것

인사에 대한 답은 돌아오지 않았다. 희영이는 천천히 재현의 손을 잡았다. 자신이 왜, 어디로, 누구와 가는지도 모른 채.

3

잠깐 잠들었다 깨어난 선주는 시간을 확인했다. 오전 5시였다. 자는 동안 용혜가 들어올까 두려워, 방문을 밖에서 열지 못하도록 잠근 자신의 행동이 조금 우스웠다. 스스로가 나약하고 비겁한 사람이라고 생각했다.

젊은 시절, 어린 용혜의 문제를 고치기 위해 남편 태용과 온갖 병원에 다니며 백방으로 노력했다. 하지만 어떤 해결책도 찾지 못해 절망하고 있던 그때, 관이 찾아왔다.

관은 선주와 태용이 용혜를 감당할 수 없을 거라 했다. 자신은 실종 신고가 된 상태이고, 신분을 증명하지 않아도 되는 일용직 근로자로 지내며 먹고 사는 문제를 해결하고 있다고 했다. 공식적으로는 세상에 존재하지 않는 유령처럼 살면서 세상으로부터 숨는 방법을 알아냈다고 덧붙였다. 관은 용혜가 자신과 함께 있어야 살 수 있다고 했다.

관이 다녀간 이후로, 태용은 용혜에 대한 미움을 키우기 시작했다. 관은 용혜가 어떤 존재인지 자세히 설명하는 대신 그저 익힌 것을 먹지 못해 날것을 먹어야 하는 아이라고만 이야기했다. 하지만 그 말만 듣고도 태용은 용혜에게서 정을 뗐다.

태용은 원래 예민한 사람이었다. 자신이 만든 도자기가 조금이라도 마음에 안 들면 그간의 힘들었던 과정은 모두 무시하고 전부 깨서 버리곤 했다. 용혜를 미워하게 된 태용은 비열한 방식으로 아이를 못살게 굴었는데, 선주는 그 비열함이 태용의 기본 인성이라는 걸 잘 알고 있었다. 태용은 자궁 적출 수술을 받아 아이를 갖지 못하는 선주에게 직접적으로 불만을 표하지 않았지만, 에둘러서는 끊임없이 비난했다.

"아이를 낳지 못하는데 여자라고 할 수 있나?"

텔레비전에 나온 MTF 트랜스젠더가 자신을 '여성'이라고 지칭하자 남편이 내뱉은 말이었다. 선주는 그 말이 가리키는 정확한 방향을 알고 있었다. 텔레비전 속 인물이 아니라 바로 옆에서 함께 텔레비전을 보고 있는 자신을 겨냥한 말이었다. 태용은 그런 식으로 용혜를 잔인하게 공격했다.

용혜가 강아지를 귀여워하거나 새소리에 즐거

5장 카메라가 본 것

위하면 태용은 "네 먹잇감이라 귀여워 보이는 거야?"라고 말했다. 용혜가 옷태와 외모에 신경 쓰기 시작하자 "너를 누가 좋아한다고 신경을 써."라고 말하며 위축되는 용혜의 모습을 즐겼다. 그는 아주 점잖고 나긋한 목소리로 지적을 했기 때문에 어린 용혜는 태용이 자신을 비난한다는 걸 알지 못했다. 태용의 말을 그대로 흡수해서 받아들이게 된 용혜는 자신을 혐오하는 발언을 서슴지 않고 하는 지경에 이르렀다.

더 큰 문제는 이재현이라는 전직 경찰이 태용을 찾아오면서부터 시작되었다. 재현은 자신의 다리를 먹어 치운 용혜의 친모에 대해 이야기하면서 그녀가 '괴물'이라고 했다. 선주와 태용은 일단 용혜를 두둔하고 재현을 집에서 내보냈지만, 태용은 그날 이후로 '괴물'이라는 단어에 꽂혔다. 그리고 용혜가 무언가를 먹는 모습에 다짜고짜 거부감을 표했다. 그러던 태용이 실종되자, 용혜는 태용의 평소 태도를 잊기라도 한 듯 아빠를 그리워하고 찾았다. 선주는 용혜가 과거를 기억하지 못하는 건지, 아니면 기억하고 있지만 상처를 끄집어내기 싫어 마음을 묻어 두고 있는 건지 알 수 없었다.

한여름의 어느 날, 자고 있던 용혜의 등과 다리에 붉은 반점이 나 있는 것을 본 뒤로 태용은 한층 괴팍해졌다. 재현이 괴물의 표식이라고 표현했던 그 붉은 반점이었다. 그 점들은 일반적인 점과는 달랐다. 때때로 부풀었다가 가라앉기도 했고 색이 진해졌다 옅어지기도 했다. 게다가 독립적인 생명체처럼 점차 커졌다. 마치 그 붉은 반점이 서서히 용혜를 삼키는 것 같았다. 태용은 용혜의 붉은 반점이 자라나는 속도로 미쳐 가고 있었다.

"저 점들이 움직여. 괴물처럼 움직이고 있는 거 봤어? 저걸 다 칼로 도려내야 하지 않을까?"
"그냥 피부병이야. 왜 그런 잔인한 말을 해?"
"계속 커지고 있잖아, 저 붉은 반점이. 저기서 고약한 전염성 물질이 나올지도 몰라."

그렇게 말한 태용은 총기 관련 교육을 받더니 총포 소지 허가증을 손에 넣고 산탄총을 들였다. 그때부터 선주는 불길한 예감에 시달렸다. 아니나 다를까 태용은 '용혜가 괴물이라는 게 확실해지면 내가 처리하겠다'고 말하기 시작했다. 이윽고 태용이 연습을 해 본다며 산탄총을 사용해 떠돌이 개를 죽이자, 선주는 노이로제로 인한 스트레스를 더 이상 견딜 수 없는 상태가 됐다. 선주는 만취해 물을 찾던 태용에게 도자기용 발색제로 사용하는 산화 코발트 분말이 섞인 물을 건넸다. 태용은 괴롭게 구토하며 죽었다.

5장 카메라가 본 것

선주는 자신이 태용을 죽이고 집 근처에 묻었다는 것을 용혜에게 알려야 할지 수없이 고민했다.

"엄마, 집 주변에서 냄새가 나."

용혜가 말하는 냄새의 정체를 선주는 알고 있었다. 용혜는 하굣길에서 맡은 냄새로 집 안에 있는 독거노인의 시신을 찾아낼 수 있을 만큼 후각이 예민했다. 선주도 태용만큼이나 용혜를 두려워했다. '사람을 먹을 수 있는 괴물'이라는 재현의 말은 태용뿐 아니라 선주까지 괴롭혔다.

용혜가 집 주변에서 태용의 시신 냄새를 맡고 '냄새가 난다'고 말할 때마다 선주는 자신의 범죄가 발각될 것 같다는 공포에 짓눌렸다. 정신적으로 취약해진 선주는 결국 용혜를 서울로 보냈다. 겉으로는 대학 입시를 위해서 전학하는 게 좋겠다고 했지만 실은 두려움 때문에 떠나보낸 것이었다. 용혜가 무서웠다. 그렇다고 용혜를 사랑하지 않는 것은 아니었다.

'너를 버리려고 했던 게 아니야.'
'너를 미워하지 않아.'
'경찰이 돼서 꿋꿋하고 씩씩하게 살아가고 있는 네가 너무 자랑스러워.'

선주는 용혜에게 이 모든 진심을 말해야겠다고

결심했다.

　방문을 열고 거실로 나와 불을 켜니, 한구석에 잘 개어 놓은 요와 이불이 보였다. 용혜의 신발도, 차도 사라졌다. 이미 용혜는 집을 떠나고 없었다. 결국 관을 만나러 가 버린 것이었다.

　'용혜야. 넌 괴물이 아니야. 진짜 괴물은 나야.'

　이번에도 선주는 그 말을 전하지 못하고 다시 가슴에 묻었다.

4

재현은 얼마 전까지 자신의 일터였던 경진물류센터로 향했다. 물류센터를 5km 정도 앞두고 방향을 돌린 재현이 도착한 곳은 '새로운 도약을 위해, 새롭게 태어납니다'라고 적힌 재건축 현수막이 붙은 4층짜리 낡은 상가 건물이었다. 출퇴근할 때마다 직장 근처의 적당한 공간을 찾던 재현의 눈에 이 건물이 들어왔다. 철거가 예정된 이 건물의 세입자들은 이미 모두 나갔다. 해체 공사가 2월부터 시작될 예정이라 아직 건물 앞에 펜스만 쳐진 상태였다.

　건물 전체가 마치 썩어 가는 시체처럼 냉기를 뿜

5장 카메라가 본 것

어냈다. 며칠 전까지는 전기와 가스가 들어오고 있었지만 이제는 전부 끊겼다. 복도 여기저기에는 각종 가구와 폐기물이 즐비했다.

노숙자가 들어오는 걸 막기 위해서인지 내부 점포 공간의 출입문은 거의 자물쇠로 잠겨 있었다. 미용실이었던 3층 공간 한 군데만 유리문이 깨진 덕분에 유일하게 출입 가능한 곳이 되었다. 재현은 미용실 안으로 들어가 희영이를 의자에 앉혔다. 그리고 미리 가져온 나일론 줄로 의자 손잡이에 희영이의 손을 묶기 시작했다.

"답답해요."
"여긴 위험해서 이렇게 해야 돼. 그러니까 잠깐만 참아."

석중은 여덟 살 아이의 손을 의자에 묶는 재현을 보고 당황했다. 하지만 이내 '그래, 얘는 사람이 아니니까.'라고 생각하며 스스로를 설득했다.

가방을 내려놓은 석중은 카메라와 노트북을 꺼내 전원을 켰다. 재현이 돌아보자 석중은 얼굴을 찌푸리며 말했다.

"너무 추운데요. 이렇게 추우면 카메라 배터리가 금방 닳아요. 이거 충전도 해야 하는데. 노트북 배터리도 얼마 안 남았어요."

해가 진 뒤부터 기온이 점점 떨어지고 있었다. 전기가 안 들어오는 빈 건물 내부의 온도는 바깥과 비슷했다.

"그리고 너무 어두워서 동영상을 촬영하기가 힘들어요."

석중은 자기도 모르게 이런저런 불만을 재현에게 토로했다.

"촬영이 안 된다고?"
"조명으로 쓸 만한 게 하나 필요해요."

재현은 예상치 못한 상황에 당황했다. 주위를 둘러보던 그는 미용실 창 너머로 보이는 바깥 풍경에 시선을 고정했다. 커다란 경진물류센터 로고가 빛나고 있었다.

"그럼, 잠깐 둘이 있을 수 있지? 아이는 위험한 상태니까 손을 묶은 줄을 절대 풀면 안 돼."

재현은 석중에게 몇 번이나 그렇게 당부하고 나서, 자신이 일했던 물류센터로 향했다. 그만두겠다는 말을 했을 뿐 유니폼과 카드 키 등의 물품은 아직 반납하지 않았다.

재현은 물류센터 후문 근처에 차를 세운 뒤, 걸어서 입구를 통과했다. 전산상 퇴직 처리가 되지 않았는지 물류센터 내부로 진입하게 해 주는 카드 키가

5장 카메라가 본 것

여전히 작동했다.

재현은 지게차가 잔뜩 주차된 장소를 지나, 건물 외부의 컨테이너 안에 있는 직원용 휴게소로 들어갔다. 물류센터는 24시간 바쁘게 돌아가는 곳이기에 식사 시간이나 출퇴근 때가 아니면 휴게소에는 사람이 없었다. 재현은 지게차 키를 비롯해 필요해 보이는 물건들을 챙겼다. 그러고 나서 구석구석을 뒤져 봤지만 촬영용으로 쓸 만한 조명은 보이지 않았다.

"어! 재현 아저씨, 다시 출근하셨네요?"

퇴근하던 젊은 직원, 세문이 휴게소 밖으로 나온 재현을 알아보고 아는 체를 했다.

"어. 퇴근하려고? 고생했어."

재현은 아무렇지 않게 인사하고 좌식 카운터 지게차의 시동을 걸었다. 세문은 재현이 유니폼을 입지 않은 걸 이상하게 생각했다. 게다가 지게차를 모는 방향이 상하차 구역이 아닌 후문 쪽이었다. 휴게소에 들어가서 화이트보드에 적힌 오늘 근무자를 확인해 보니 재현의 이름은 없었다. 세문은 고개를 갸우뚱 기울였다.

재현은 지게차에 실었던 생수와 히터, 그리고 전선 롤과 멀티 탭을 자신의 차로 옮겼다. 다리가 불편하니 물건을 들고 짧은 거리를 걷는 것만으로도 힘겨웠다. 재현은 다시 지게차를 운전해 원래 위치에 세워 두고 키를 돌려놓기 위해 휴게소로 들어갔다. 휴게소 안에는 아까 마주친 세문이 있었다.

"아저씨. 매니저한테 연락해 보니까 일 관두셨다면서요?"

"그게 왜?"

"유니폼도 안 입으시고, 안전모도 안 쓰시고…. 아저씨 맘대로 지게차까지 운전하시면 안 되죠. 여기가 아저씨 놀이터도 아닌데 뭐 하시는 거예요. 카드 키 주세요."

재현은 순간 세문의 덩치를 살폈다. 희생자로 점찍은 사람은 따로 있지만 바꿔도 되지 않을까, 잠시 생각했다. 문득 세문이 자신의 부인과 아이들을 자랑하던 모습이 떠올랐다. 가족이 있다고 해서 희생자로 삼지 않는다는 건 불공평한 처사일 터였다. 휴게소에는 각종 공구들이 널려 있었다. 재현은 10인치 멍키 스패너를 들면서 이후 처리에 대해 고민했다. 덩치가 큰 세문을 지게차에 싣고 이동해 자신의 차로 옮겨 싣는 일을 혼자 하는 건 불가능했다. 재현이 고심하는 사이 휴게소로 여러 직원들이 몰려 들어왔다.

재현은 멍키 스패너를 자신의 점퍼 안쪽에 급히

5장 카메라가 본 것

넣고는 직원들에게 가볍게 목례를 하고 휴게소를 빠져나갔다.

석중은 재현이 주문한 대로 미용실 한쪽 구석에 삼각대를 세우고 카메라를 설치했다. 의자에서 끙끙대는 희영이가 잘 보일 수 있게 화각을 잡았다. 핸드폰 플래시를 켜자 희영이의 모습이 또렷하게 보였다. 그리고 희영이 뒤쪽의 거울에는, 카메라 뒤에 서 있는 자신의 모습이 비쳐 보였다. 마치 거울로 된 카메라가 자신을 바라보고 있는 것 같았다. 석중은 마음이 불편해져 급히 시선을 돌렸다.

"아저씨…. 추워요…. 이거 풀어 줘요…."

힘들었는지 울기 시작한 희영이의 얼굴을 보니 영락없는 여덟 살 여자아이였다. 집에서 서둘러 나온 탓에 얇은 티셔츠 차림인 희영이와 달리 석중은 티셔츠 위로 옷을 세 겹이나 더 껴입고 있었다. 석중은 자신의 점퍼를 벗어 희영이의 작은 몸 위에 덮어 줬다.

"미안하다."
"이거 뭐 하는 거예요? 저 답답해요."

희영이가 아까보다 더 크게 울자 석중은 저도 모르게 희영이의 입을 손으로 막았다. 아이의 울음소리가 밖으로 새어 나갈 것을 염려해서였다. 하지만 이내 아이가 식인을 한다는 재현의 말이 떠올라 석중은 바로 손을 뗐다. 카메라 가방에서 손수건을 꺼내 희영이 입에 물린 다음 묶고 나니 아이는 몸을 흔들며 발악을 할 뿐 우는 소리를 낼 순 없게 되었다. 다행이라 생각하고 뒤로 물러서다가 다시 거울과 마주쳤다. 의자에 묶인 아이와 그 아이 옆에 선 자신이 하나의 거울에 비쳤다. 그 안의 자신은 그저 여덟 살 아이를 납치한 범죄자였다. 석중은 카메라를 향해 고개를 돌렸다. 녹화 중임을 알리는 빨간 불빛이 어둠 속에서 석중을 응시하고 있었다. 석중은 더 이상 숨을 곳이 없었다.

5

차량의 속도계 바늘이 120 이상을 가리키고 있었지만, 용혜는 액셀러레이터를 더 깊이 밟았다. 용구산 주차장에 도착했을 때는 어둠이 아직 짙은 시간대였다. 핸드폰으로 시계를 보니 오전 5시 47분이었다. 용혜는 차의 시동을 끄고 잠시 눈을 감았다. 용혜가 관을 만나러 출발하겠다고 연락하자 관은 해가 뜰 때쯤, 산의 초입에서 만나자 했다.

5장 카메라가 본 것

어느덧 동이 틀 시간이 가까워졌다. 어둠 속에서 희미하게 산의 윤곽이 드러나기 시작했다. 높이를 가늠할 수 없는 검은 산등성이가 용혜를 짓누르는 것 같았다.

'관이라는 사람은 이곳에서 유건재를 만나 같이 이동한 걸까?'

용혜가 그렇게 생각하는 사이 주차장 한편으로 차가 한 대 들어왔다. 용혜는 긴장했지만, 차에서 내린 사람은 일출을 보러 온 등산객들이었다. 형광색 등산복을 입은 중년의 남녀가 등산용 장비를 점검했다. 그들의 헤드 랜턴 불빛이 주차장을 훑고 지나갔다.

'시체 냄새.'

불현듯 느껴진 그 냄새에 용혜의 동물적 감각이 깨어났다. 누군가가 용혜를 향해 시취를 풍기며 다가오고 있었다.

"오랜만이다, 용혜야."

한 중년 여성이 사람 좋아 보이는 웃음을 지으며 용혜에게 인사했다. 등산복과 등산화 차림에 커다란 등산 배낭을 메고 랜턴과 스틱까지 들고 있어 산에서 흔히 볼 수 있는 등산객 같았다. 그들과의 차이점이라면 이 여성은 강한 시취를 내뿜고 있다는 것이었다.

"김관 씨?"

"그냥 아줌마라고 부르면 돼. 나는 네가 태어나는 것도 본 사람인데, '김관 씨'라고 하니까 거리감이 느껴지잖아."

관이 호탕하게 말하며 등산로 입구로 향하자 용혜는 당황했다.

"지금 산에 오르자고요?"

"그럼. 너희 엄마한테 인사해야지. 걱정 마. 꼭대기까진 안 가고 중턱까지만 오를 거니까."

관은 용혜의 차림새를 훑어보더니 자신의 배낭에서 아이젠과 랜턴을 꺼내 용혜에게 건넸다.

"여분 점퍼도 있으니까 필요하면 말해. 명색이 경찰인데 이 정도 산은 쉽게 올라야지."

용혜는 관이 시키는 대로 순순히 용구산을 오르기 시작했다. 흘낏 본 관의 배낭 크기는 60ℓ 이상인 것 같았다. 용혜는 왜 그렇게 큰 가방을 멨냐고 물었다.

"이 안에 텐트도 있고 침낭도 있어서 그래. 가끔 산에서 잠을 자거든."

"그럼, 평상시에는 어디서 지내세요?"

5장 카메라가 본 것

관은 용혜의 물음에 대답하지 않았다. 무거운 배낭 때문인지 관의 걸음걸이는 점차 느려졌다. 관은 바위를 가리키고는 잠시 쉬자며 멈췄다. 바위에 배낭을 내려놓고 물을 마시던 관은 용혜를 보더니 다시 미소 지었다. 랜턴에 의지해 새벽 등산을 하던 다른 등산객들이 관과 용혜에게 인사했다.

"안녕하세요."

"여기서 어떤 길로 가야 돼요?"

"이 샛길로 가지 마시고요. 저기 소나무 보이는 길로 올라가세요."

안내판 없는 쌍갈랫길 앞에서 머뭇거리던 등산객들에게 관이 친절히 안내했다.

"유건재는 여기 샛길로 빠진 거야."

"네?"

관은 유건재의 마지막 동선에 대해 말하고 있었다. 그러고 보니 유건재의 핸드폰은 등산로가 아닌 곳에서 발견됐다. 관은 바위에서 일어나 다시 무거운 배낭을 메고는 등산로가 아닌 샛길로 발걸음을 옮겼다.

"어디 가는 거예요?"

"금주 언니한테 가야지."

그 말에 용혜는 묵묵히 관의 뒤를 따랐다. 아직

해가 뜨기 전이라 주변이 온통 어두워 시각 정보가 제한된 탓인지 용혜의 후각은 더 예민해졌다.

발밑을 바라보며 걷던 용혜는 고개를 들었다가 익숙한 키 링을 발견했다. 유건재의 딸 지현이의 가방에 매달려 있던 마이멜로디 캐릭터 키 링과 똑같은 물건이 관의 배낭에 달려 있었다. 관의 배낭이 움직일 때마다 경쾌하게 흔들리는 키 링을 보며 용혜는 한참을 걸었다. 그러다 숨이 턱까지 차올라 걸음을 멈췄다. 어느 순간 용혜가 뒤따라오지 않는다는 것을 알게 된 관은 뒤돌아 용혜를 살폈다. 용혜는 두 주먹을 꽉 쥔 채로 온몸을 떨고 있었다.

"춥니? 몸에서 냉기가 올라와?"

관이 다가가자, 흐느끼는 듯한 용혜의 신음이 들렸다.

"왜 그래?"

용혜는 아까부터 목을 조여 오던 질문을 던졌다.

"유건재를 먹었어요?"

관의 키 링이 유건재의 소지품이었을 거라 추측한 용혜의 질문에 관이 크게 웃었다.

"보통은 죽였냐고 물어보지, 먹었냐고 물어보진 않는데."

5장 카메라가 본 것

관은 몸을 돌려 산을 오르기 시작했다.

"유건재를 죽였어요?"

용혜가 이미 멀어진 관을 향해 소리쳤지만, 관은 걸음을 멈추지 않았다. 어쩔 수 없이 용혜도 다시 관을 따라 걸었다.

관은 가파른 경사 길 앞에 멈춰 섰다. 사람 한 명이 간신히 지나갈 수 있을 만한 좁은 길은 중간에 끊겨 있었다.

"여기야. 너희 엄마 유해를 이 나무 아래 묻었어."

관은 참나무 한 그루를 가리켰다. 꽤 견고하다는 인상을 주는 나무였다.

"참나무 꽃말이 '용기'거든. 금주 언니는 그 말을 참 좋아했어. 그래서 네 이름도 용혜라고 지은 거야. 용기와 지혜를 갖고 살라고."

갑작스럽게 친엄마에 대한 이야기를 전해 들은 용혜의 마음속에서는 불안과 슬픔이 복잡하게 뒤엉켰다.

"이곳까지 와야 하는 이유가 있었어요?"
"그때는 너무 무서워서 높은 산으로 도망칠 수밖에 없었어."

용혜는 이곳을 지나친 적이 있었다. 수사하던 중

에 들렀던 장소였다.

"유건재의 핸드폰이 이 근방에서 발견됐어요."
"여기서 달려 나가더니 미끄러지고 고꾸라졌지. 올라왔을 때부터 상태가 안 좋았는데, 미끄러지면서 발목을 다쳤는지 일어나질 못했어. 아마도 저체온증 같은 걸로 죽은 게 아닌가 싶어. 알겠지만 핸드폰은 저 밑으로 떨어졌지."

용혜는 고개를 갸웃했다. 관은 유건재가 이 근처에서 죽었다고 말하는데, 이곳은 이미 수색대가 훑은 곳이었다. 유건재의 핸드폰이 발견된 지점을 중심으로 경찰들이 구석구석을 뒤졌지만 유건재의 시신은 발견되지 않았다.

"유건재는 김관 씨한테도 사과를 하려고 여기에 온 거예요?"
"아니…. 우린 이미 채희의 장례식장에서 만났어. 그때 나한테 사과를 했지. 여기 규주 언니한테 사과를 하기 위해 온 거야."
"유건재는 왜 우리한테 사과를 하는 거예요?"
"그 사람은 사과를 하는 척하면서 실은 붉은 반점이 생겨난 원인을 알아내려고 한 거야."
"그걸 왜요?"
"원인을 찾아서 밝히고 싶어 했어."
"뭘요?"

5장 카메라가 본 것

"우리가 태어날 때부터 이렇지 않았다는 걸."

자신이 다른 사람들과는 다른 종의 인간이라고 생각했던 용혜는 관의 말에 멈칫했다.

"돈이 필요해서 그런 거야. 회사를 상대로 소송을 하려면 우리가 필요하다고 생각한 거야. 붉은 반점이 온몸에 가득한 여자들이."

내내 차분했던 관의 감정이 흔들렸다.

"하지만 유건재도 뒤늦게 알게 된 거지. 자기가 찾는 사람들이 대부분 죽었다는 걸."

1995년 9월, 도신케미컬 기숙사 309호에 다섯 명이 나란히 누워 있었다. 4인실에서 다섯 명이 살다 보니 좁디좁은 공간에는 옷가지와 이불, 생필품들이 늘 어수선하게 널려 있었다. 기숙사가 공장과 가깝다 보니, 창밖으로는 밤늦게까지 돌아가는 공장의 기계음이 늘 희미하게 들렸다.

노래를 잘 부르고 가수를 꿈꾸는 유정이 박미경의 〈이브의 경고〉를 허밍으로 부르자 다른 네 명도 어느새 노래를 따라 불렀다. 유정은 늘 그랬듯 손가락으로 리듬을 타며 콧소리 섞인 목소리로 네 사람을 이끌었다. 노래를 마친 그들은 연애 이야기를 시작했다. 같은 설비팀에서 일하는 동갑내기 기석과

한 달째 연애 중인 강심에게 시선이 몰렸다.

"너 아직 키스도 안 했지?"

관의 질문에 강심은 금세 얼굴이 붉어졌다. 그 모습을 옆에서 본 채희가 킥킥대며 웃었다.

"왜 내가 아직까지 키스도 못 했을 거라고 생각해. 연애하기로 한 날 바로 했지!"
"어쭈. 어떻게 했는데? 한번 얘기해 봐."
"이 언니 웃기네. 왜 그런 걸 물어? 자기가 못 해 봐서 간접적으로라도 느끼고 싶은 거 아냐?"
"봐라. 얘 아직 뽀뽀도 못 했다."

관의 말에 다들 웃음을 터뜨렸다. 강심은 자기 배에 올라와 있는 관의 팔을 옆으로 밀었다.

"나는 어, 기석이랑 결혼하면 애부터 갖고 여긴 관둘 거야. 그냥 평범하게 남편이 버는 돈으로 살림하고 애 키우면서 살 거야. 기석이는 벌써 돈을 2000만 원이나 모아 뒀대. 거기에 빌린 돈 보태서 방이랑 거실 있는 아파트에 전세로 들어갈 거야."
"야. 그 돈을 다 전셋값으로 쓰면 어떡하냐. 아파트 욕심내지 말고 좀 여윳돈을 둬."
"아, 싫어. 나는 월세방에서 애 낳기 싫어."

이번엔 금주의 눈치를 보던 관이 강심의 다리를 툭 발로 쳤다. 불룩한 배를 한 손으로 감싸고 누워

5장 카메라가 본 것

있는 금주는 3개월 뒤 출산할 예정이었다. 그 이후에도 이 기숙사에서 생활하며 신생아를 돌봐야 할 형편이었다. 결혼을 약속했던 애인이 금주가 임신을 한 뒤 발을 뺀 탓이었다. 창가와 가까운 침대에 누운 금주의 배는 달빛 아래 유독 도드라져 보였다.

"미안. 언니…. 내 말은… 나라고 뭐 좋은 데서 애를 낳겠어. 그냥 그러고 싶다는 희망 사항이야, 희망 사항. 언니 들으라고 한 말 절대 아니고."

강심이 황급히 사과했다.

"그래, 알아. 그런 말 하는 게 어때서. 나도 돈 많이 벌어서 방 세 개 있는 아파트로 이사 갈 거야. 방 하나는 너희들 놀러 오면 내줄 손님방으로 꾸며 놔야지."

"그래, 어디든 어때. 우리 다섯이면 다 해결 가능이여. 금주 언니 애도 우리가 같이 키워 주면 되지. 나는 아예 가까이서 다 챙겨 줄게. 내 방 하나만 마련해 둬."

"어라, 관 언니…. 금주 언니네 집에 공짜로 얹혀 살 계획인가 본데."

유정이 장난스럽게 말하자, 관이 이불로 유정의 몸을 덮어 버리면서 대꾸했다.

"너 내 맘을 어떻게 알았어?"

이불 속에서 유정이 우스꽝스럽게 낑낑대는 모습에 모두 폭소를 터뜨렸다.

임신 7개월 차에 이른 금주의 배는 제법 커져 있었다. 금주는 다음 주부터 휴직을 할 생각이었다. 유정은 금주의 배를 쓰다듬으며 유행하는 댄스곡을 계속 불렀다.

"야. 애가 시끄럽단다. 발라드 불러라, 발라드."

금주가 유정을 애정 어린 눈으로 바라보며 웃음을 섞어 말했다.

말수가 적은 채희는 읽고 있던 무협지의 마지막 페이지를 넘겼다. 낡은 책장이 바스락거리는 소리를 냈다.

"꼭 이렇게 얌전한 고양이 같은 애가 제일 무섭다. 봐 봐. 애는 사람 칼로 죽이는 얘기만 본다."

강심의 말에 채희가 항변하듯 대답했다.

"이게 왜 재밌냐면, 무협은 절대 찝찝하게 끝나지 않아. 언제나 주인공이 완벽하게 승리를 하면서 끝나거든. 근데 그 승리에 철학이 있고, 세상의 이치가 있다. 이걸 읽으면 나도 막 나 괴롭히는 사람들 다 무찌르고 승리할 수 있을 거 같거든."

"누가 그렇게 괴롭히는데? 언니한테 말해라. 다 무찔러 줄게. 근데 나 배고프다."

5장 카메라가 본 것

금주가 채희가 읽던 책의 표지를 살피며 말했다.

"언니, 휴게소 가서 라면 먹을래?"

배고프다는 금주의 말에 임신한 금주를 끔찍이 아끼던 관이 나서서 서랍에 숨겨 둔 라면을 두 개 꺼냈다. 라면을 보자 금주뿐 아니라 채희, 유정, 강심까지 달려드는 통에 관은 라면 세 개를 더 꺼냈다.

혹시라도 기숙사 반장에게 걸릴까 싶어 다섯 명은 관의 주도하에 몰래 휴게소로 향했다. 복도를 살금살금 걸으면서도 다섯 명은 서로 장난치며 웃음을 참았다.

가스버너와 양은 냄비들이 휴게소 개수대 근처에 놓여 있었다. 다섯 명은 익숙한 솜씨로 일사불란하게 라면을 끓이기 시작했다. 라면이 다 익은 것을 확인한 그들은 냄비 두 개에 숟가락과 젓가락을 챙겨 작은 테이블로 향했다. 다섯 명은 머리를 맞대고 앉아 후후 불며 라면을 먹었다.

"파나 계란 같은 것도 좀 구비해 줬으면 좋겠어."
"야. 일단 먹어라. 불만은 다 먹고 나서 얘기하는 거다."

유정의 볼멘소리에 관이 조용히 대꾸했다. 다른 사람들은 먹는 데 집중하고 있었다. 그 모습을 본 유정도 크게 한 젓가락 입에 넣고는 더 유난스럽게 먹는 척했다.

"쉿!"

금주가 갑자기 손가락을 입에 대더니 바깥에 귀를 기울였다. 금주의 신호에 네 명은 일제히 젓가락질을 멈추고 숨을 죽였다. 누군가 휴게소로 다가오고 있었다. 혹시라도 기숙사 반장일까 싶어 긴장한 이들 앞에 나타난 사람은 설비팀 과장 유건재였다. 여자 기숙사에 남직원이 들어오는 일은 거의 없기 때문에 다섯 명 모두는 내심 놀랐다.

유건재는 휴게소 식당에 불이 켜진 걸 밖에서 보고 들어왔다. 식당에 있던 사람들이 누구인지 확인한 유건재는 안도했다. 그들은 모두 가족이 없거나 멀리 지방에서 올라와 기숙사 생활을 절실히 원하던 직원들이었다. 게다가 금주는 자신에게 빚을 지고 있는 것이나 다름없었다. 임신을 했으니 일을 그만둬야 할 사람인데, 과장인 자신이 돌봐 준 덕분에 계속 근무할 수 있었던 것이다.

"너희 뭐 하니?"

"그냥요."

다섯 명은 유건재를 탐탁지 않게 여겼다. 나쁜 사람은 아니었지만, 속이 좁고 일을 잘 못했다. 다른 직원들도 은근히 그를 무시하고 있었다.

5장 카메라가 본 것

"너네 지금 밥도 먹었겠다 잠깐 일 좀 할래? 수당도 많이 줄 수 있는데."

다섯 명은 서로 눈치를 봤다.

"무슨 일인데요?"

"얼마 주는데요?"

"많이 챙겨 줄게. 갑자기 시키는 일이니까."

다섯 명은 올겨울에 출산할 금주의 월세방 보증금을 모으고 있었다. 돈이 좀 더 모이면 좀 더 안락한 방을 구할 수 있겠다는 생각이 들었다.

"그래. 눈 한 번 딱 감고 소화도 시킬 겸 하자."

관이 그렇게 말하자 나머지 넷이 모두 고개를 끄덕였다. 그때는 야간작업을 하더라도 다섯 명이 함께 있기만 하면 마냥 즐거웠다.

유건재는 품질관리동 뒤편으로 다섯 명을 이끌었다. 시험 생산품을 만드는 파일럿 플랜트에서 나온 탱크들이 야적장에 도열해 있었다. 각각의 용기에는 당연히 붙어 있어야 할 유해 물질 주의 표시가 없었다.

"이게 다 뭐예요?"

강심이 탱크들을 가리키며 물었다.

"별거 아니야. 파일럿 테스트에서 나온 폐액인데 폐수 처리장으로 보내기 전에 추가 처리를 해 주면 돼."

"환경안전팀에서 해야 할 일 아니에요?"

채희가 의아한 목소리로 물었다.

"그 사람들이 수당으로 너무 많은 돈을 얘기해서 우리가 하겠다 했어. 두 시간에 5만 원씩 어때?"

다섯 명은 유건재가 제시한 금액에 놀라 서로 마주 보며 미소 지었다. 유건재는 그 정도 시급을 제시하면 이들이 거절하지 못할 거라는 걸 알고 있었다. 그는 서둘러 내산 작업복과 니트릴 장갑을 나눠 줬다. 묵직한 작업복과 팔목까지 오는 파란색 장갑은 화학 물질을 다룰 때 쓰는 것이었다.

다섯 명이 다루게 될 물질은 살충제 신상품을 개발하는 과정에서 생긴 폐수였다. 새 살충제는 동물과 인간에게 치명적인 유녹성을 띠고 있다는 시석을 받아 개발이 중단되었다. 폐수를 처리하고 버리려면 시청에 신고를 해야 하지만, 개발 과정에서 사용한 독성 화학 물질 때문에 방류 허가를 받기가 쉽지 않았다. 회사는 정화 시설 설치에 드는 비용을 지불하느니 화학적 처리를 대충 거친 폐수를 무단으로 방류하기로 했다.

5장 카메라가 본 것

그 화학적 처리를 할 직원을 고르는 게 유건재에게 주어진 일이었다. 회사는 이전에 화재 사고로 목숨을 잃은 직원 일로 골머리를 앓은 적이 있기에 절대 문제를 일으키지 않을 사람을 원했다. 유건재가 보기에 눈앞에 있는 다섯 명의 여직원은 이 일을 처리하기에 가장 적합한 사람들이었다. 나이가 어리니 반항을 하지 않았고 구슬리기 좋았다. 추후에 이 일을 문제 삼을 가족이 없거나 너무 멀리 살았다.

"언니는 하지 마. 임신 중인데."

관이 금주를 말리자, 금주는 유건재가 건네준 옷을 입으며 대수롭지 않게 말했다.

"괜찮아. 보호복 입고 하는 건데, 뭐…."

유건재는 금주에게 이 일에서 빠지라고 말하지 않았다. 임신한 직원은 유기 용제 취급 금지 대상이었지만 유건재는 그 규정을 별로 심각하게 생각하지 않았다. 한 명이라도 더 붙어서 작업을 빨리 끝내는 게 중요하다는 입장이었다. 유건재도 같이 일하기 위해 보호복을 입었다.

"근데 왜 밤에 해요?"

유정이 묻자, 유건재가 귀찮다는 듯 대답했다.

"내일부터 다른 파일럿 테스트 들어가서 이걸 빨리 처리해야 돼. 급한 일이니까 너희들이 두당

5만 원씩 챙기는 거지. 낮에 하면 그런 수당 같은 건 일절 없어."

작업 내용은 단순했다. 폐수에 화학 물질을 첨가해 유해 물질의 농도를 낮추고, 응집제를 넣어서 불순물들이 서로 뭉치게 하고, 필터 프레스를 통해 불순물을 걸러 내는 것이 전부였다.

"냄새가 너무 이상해."

유정이 투정을 부리자, 관이 낮은 목소리로 재촉했다.

"일단 하기로 한 거… 불만은 끝내고 말하자고."

여섯 명은 두 시간에 걸쳐 폐수 처리를 완료했다. 그리고 기숙사 309호에서는 그날 밤 내내 몸을 긁는 소리가 들렸다. 다음 날부터 다섯 명은 피부가 심하게 따끔거리는 통증과 머리가 터질 듯한 두통에 시달렸다. 팔과 손목이 붉게 부어오르기도 했지만, 평소에도 작업 후 피부 트러블이 생기는 일은 흔했기에 다들 대수롭지 않게 여겼다. 그들은 아직 몰랐다. 그날 밤 피부에 스며든 유기인계 물질이, 그들의 세포 하나하나에 문제를 일으키기 시작했다는 걸.

다섯 명의 몸에는 붉은 반점이 생겨났다. 식습관에도 변화가 생겼다. 그들은 대부분의 음식을 소화

5장 카메라가 본 것

하지 못해 삐쩍 마른 채로 병들어 갔다. 한참이 지나서야 먹을 수 있는 음식이 날고기뿐이라는 걸 알아챈 다섯 명은 금주를 중심으로 뭉쳐 이 문제를 해결하기로 했다. 다른 사람들에게 말할 수 없는 일을 겪고 있는 만큼 서로에게 가족이 되어 주기로, 함께 살기로 합의했다.

다섯 명은 그날 처리한 폐수가 원인이라면 다른 피해자가 있을지도 모른다고 생각했다. 같이 작업한 유건재에게도 비슷한 증세가 나타났을 가능성이 있었다. 유건재를 찾아가 진지하게 이야기를 꺼냈다. 그는 다섯 명과는 달리 아무런 변화도 겪지 않았다. 그리고 날고기를 먹다니 끔찍하다는 말을 했다. 이후로 다섯 명은 아무에게도 자신들에게 일어난 일을 말하지 않았지만, 유건재를 통해 공장 전체에 소문이 퍼졌다. 유건재는 다섯 명의 몸에 생긴 붉은 반점이 괴물의 표식이라며 떠들고 다녔다. 심지어 경찰 재현까지 합세해 다섯 명을 괴롭혔다. 결국 재현이 쏜 총에 금주가 맞아 사망하면서 나머지 네 명은 회사를 관두고 흩어졌다.

관은 그때 자신이 그 일을 하자고 말하지 않았더라면 지금쯤 모두가 살아 있었을 거란 생각에 괴로워했다.

"같이 있을 때는 우리가 이렇게 된 원인이 뭘까를 생각했는데, 흩어지고 나니까 그런 생각이 들더라. 아…. 우리는 괴물이 맞구나…. 우리가 괴물이 됐구나."

용혜는 접견실에서 만난 유건재가 자신의 몸을 살피던 모습을 떠올렸다.

"유건재가 실종되기 전에 저를 찾아왔었어요."

관은 알고 있다는 듯이 고개를 끄덕였다.

"내가 알려 줬어. 채희 장례식장에서 나한테 집요하게 물었거든. 그때 태어난 금주의 아이는 어디에 있냐고."
"왜요?"
"유건재는 피해자를 찾고 있었어. 피해 보상금을 받기 위해서."
"그럼 유건재도 우리 같은 사람인 거예요?"

관은 금주가 묻힌 나무를 지나 좁은 오솔길로 걸어갔다. 여전히 사방은 어두웠고 헤드 랜턴은 눈앞을 겨우 비출 뿐이었다.

"아니, 유건재의 딸이 문제였어. 그 딸의 붉은 반점이 유건재를 내내 괴롭힌 거야."

용혜는 유건재의 딸 지현이를 떠올렸다. 지현이는 유건재에게서 자신이 저주받았다는 이야기를

5장 카메라가 본 것

들었다고 했다.

"아마도 우리를 이렇게 만든 물질이… 여성 호르몬과 결합되어 변화를 일으키는 게 아닐까 싶어. 그래서 유건재는 괜찮았지만 그 딸에게 증상이 나타난 거 같아."

"아…."

"유건재가 그러더라. 이금주의 딸인 너랑 최유정의 딸인 희영이한테는 붉은 반점이 없다고. 왜 자신의 아이에게만 그 저주가 넘어갔냐고."

관이 걸음을 멈추고 뒤돌아 용혜를 바라봤다.

"정말 붉은 반점이 없니?"

용혜는 고개를 젓고 팔의 붉은 반점을 내보였다. 잠시 생각에 잠겨 있던 관은 이내 용혜를 바라보며 미소 지었다.

"그렇구나. 나는 붉은 반점이 없어."

관이 상의를 들어 맨몸을 보였다. 그저 평범한 사람의 몸이었다.

"채희의 장례식장에서 만났을 때 유건재는 어떻게 하면 붉은 반점을 없앨 수 있는지 궁금해했어. 그래서 내가 채희의 영정 사진 앞에서 진심으로 사과하라고 했어. 그다음엔 붉은 반점을 가진 모두에게 사과하라고 했지. 마지막으로 금주 언니에게 사과하기 위해 이곳에 오려거든 아무에게도 들키지 말라고 했어. 그럼 내가 붉은 반점을 없앨 수 있는 방법을 알려 주겠다고."

"이걸 없앨 수 있어요? 다른 사람들처럼 평범해질 수 있어요?"

용혜는 유건재가 그랬던 것처럼 간절하게 관에게 물었다.

"응."

인자한 미소를 짓고 있던 관의 표정이 순간 섬뜩하게 변했다.

"시신을 먹고 나니까 붉은 반점이 사라졌어."

관의 말을 들은 용혜는 너무 놀라 심장이 멎는 것 같았다. 숨이 턱 막혔다. 시신의 냄새를 맡을 때마다 느껴졌던 본능적인 욕망이 머릿속을 스쳐 지나갔다

"붉은 반점이 있다는 건 사람을 먹지 않았다는 얘기야."

관의 말이 용혜의 귓가에 울렸다.

"이 얘기를 하니까 유건재가 기겁을 하고 도망가더라고. 그러다 넘어져서 데굴데굴 구르더니 비명을 질렀어. 도와주려고 했지만 오히려 날 죽이

려고 하더라고."

관은 오랜 친구처럼 따뜻한 목소리로 상황을 설명했다. 관의 그런 점이 용혜에겐 더없이 공포스럽게 느껴졌다.

"난 유령이라 경찰에 신고를 할 수가 없잖니. 그래서 그냥 자리를 피했지."

용혜의 온몸에 쭈뼛 소름이 돋았다.

"그럼 유건재의 시신은요?"

관은 용혜의 질문에 다시 그 사람 좋아 보이는 미소를 지었을 뿐, 대답은 하지 않았다. 하지만 용혜는 관의 몸에서 진하게 풍겨 나오는 시취를 통해서 알 수 있었다. 관이 유건재를 먹었다는 걸.

"희영이한테 붉은 반점이 없다는 유건재의 말이 사실인지 확인하기 위해 아이를 만나러 갔었어. 정말 없더라고."

관은 산길을 걷느라 숨이 차는지 숨을 깊게 들이쉬었다가 내쉬기를 반복했다.

"유정이가 자살한 지 며칠 뒤에 발견되고 나서, 유정이의 시신이 훼손되어 있었다는 기사가 났었거든. 기사에는 집에서 기르던 강아지의 짓이라고 쓰여 있었는데 내 생각엔 희영이가 그런 거 같아. 그래서 내가 그 목사 부부에게 희영이를 데려가겠다고 연락했어. 약속 장소인 캠핑장에 희영이가 도착한 걸 확인했는데 약속 시간까지는 한 시간이 넘게 남은 상황이었어. 그래서 자리를 잠깐 비웠다가, 다시 돌아왔을 때 희영이가 사라졌다는 걸 알게 됐지."

용혜는 희영이가 상담을 받던 중, 나무 뒤에서 냄새가 났다고 말했던 것을 기억했다. 아마 자신이 지금 맡고 있는 관의 시취를 희영이도 맡았을 거다. 그날 희영이는 캠핑장 근처로 자신을 데리러 온 관의 냄새에 이끌려 혼자 움직였던 것이다.

관은 잠시 침묵을 지키다 입을 열었다.

"그 아인 이제 사람들과 같이 살 수 있는 존재가 아냐."

나무 사이로 난 오솔길을 빠져나오자 능선을 타는 등산로로 연결되는 넓은 길이 나왔다.

"희영이는 시신이 아닌 살아 있는 아빠를 물어뜯었어. 놀라 넘어진 엄마의 다리도 물어뜯었고."

관이 걸음을 멈추더니 뒤돌아서서 용혜를 보며 말했다.

"그러니까 진짜 괴물인 거야, 희영이는."

5장 카메라가 본 것

능선 너머에서 서서히 해가 뜨고 있었다.

"당신이 희영이를 자극한 거예요. 당신 몸에서 나는 시취를 맡고 심한 허기를 느껴서 그렇게 된 거라고요."

"용혜야, 너 배부름을 느껴 본 적 있니?"

용혜는 한 번도 배부르다는 감각을 경험해 본 적이 없었다. 맛있다는 감각 역시 용혜에게는 낯설었다. 용혜가 먹방 유튜버 채널을 찾아 음식을 게걸스럽게 먹고 포만감을 만끽하는 모습을 반복적으로 본 이유는 그들이 느끼고 있을 감각이 용혜에겐 미지의 영역이기 때문이었다. 맛있는 음식을 배불리 먹었을 때의 행복을 용혜는 알지 못했다.

"나는 사람을 죽이지 않아. 그냥 죽은 사람을 찾아서 먹을 뿐이야."
"그것도 범죄예요!"

용혜는 시신의 냄새를 맡을 때마다 느꼈던 강렬한 충동을 떠올렸다. 용혜는 그런 순간이 올 때마다 자신을 혐오했다. 하지만 관은 그것을 당연하게, 그리고 자연스럽게 받아들이고 있었다.

"맞아. 사람들 규칙이 그렇지. 나도 내 규칙에 따라 사는 거야. 다들 그렇게 하잖아. 사람들이 먹기 위해 동물을 도축하는 건 합법이잖아."

"경우가 다르죠. 같은 종의 생물을 죽이고 먹는 걸 용인할 사회가 어딨어요?"

관은 걸음을 멈추고 멀리 보이는 산을 가리켰다.

"저기가 성포산이야."

어느새 길의 끝이 보였다. 해는 이미 떴고 하늘의 붉은색 기운은 점차 빠져 가는 중이었다.

"우리가 인간과 다른 종이라면 괜찮은 거니?"
"괜찮지 않아요. 우리가 괴물이라고 스스로 인정하는 꼴이잖아요!"
"네가 어느 쪽에 속한 존재인지 선택을 해야 하는 때가 올 거야."

용혜는 관의 말을 부정하고 싶었다. 자신의 몸 곳곳에 있는 붉은 반점들이 마치 낙인처럼 느껴졌다. 평생 '정상'이라는 이상을 좇아 달려왔는데, 결국 도착한 곳은 이런 곳이었다.

"사실은 복수를 하고 싶었던 거 아니에요? 유건재한테 친구들의 비참한 죽음을 알려 준 뒤에 아무도 모르게 여기로 유인해서 결국 죽게 한 거 아닌가요?"
"글쎄, 난 유건재가 스스로 죽는 길을 선택했다고 생각해."
"알겠어요. 전 그만 내려갈게요."

5장 카메라가 본 것

"어디로? 너한테 갈 곳이 있니?"

"전 여태껏 잘 살아왔고, 앞으로도 당신 도움 없이 얼마든지 잘 살 수 있어요!"

용혜의 외침은 관이 아닌 자신을 향한 말이기도 했다. 관은 어린아이의 순진한 다짐을 듣기라도 한 양 크게 웃었다. 용혜의 마음속은 누구를 향하는 것인지 모를 분노로 가득 찼다. 용혜가 뒤돌아 산을 내려가려고 하자, 관이 물었다.

"희영이는 어떡할 거니?"

용혜는 대답할 수 없었다. 그저 관을 피하고 싶은 마음으로 걸음을 재촉했다. 가파른 산길을 내려오는 동안 용혜는 자신의 몸이 낯설다는 느낌을 받았다. 온몸의 붉은 반점이 한꺼번에 부풀어 오르는 것만 같았다. 걸음을 내디딜 때마다 자신이 괴물이라는 생각이 더욱 선명해졌다.

그동안 자신이 쌓아 온 모든 것들이 한낱 가면처럼 느껴졌다. 경찰로서 사람들을 지키겠다는 다짐도, 평범한 삶을 살아가려는 노력도, 자신이 괴물이 아니라는 걸 증명하기 위한 필사적인 연기일 뿐인 것 같았다.

용혜는 빨리, 더 빨리 내려가려 애썼다. 강화도 본가 뒷산을 오르내렸을 때처럼 모든 생각으로부터 자유로워지기 위해 몸을 혹사하는 수준으로 달리듯이 걸었다. 한겨울임에도 온몸에 땀이 흘렀다. 한편으로는 자신의 붉은 반점이 아빠, 주태용을 죽이지 않은 증거라는 생각에 오랜 세월 묵혀 뒀던 두려움이 툭 하고 끊어지면서 안도감이 들었다.

'근데 희영이는?'

용혜는 식인을 하는 희영이를 떠올리자마자 다리에 힘이 풀려 넘어졌다. 아무것도 모르고 있는 은주의 아이들, 그리고 허기의 고통으로 가득했던 희영이의 눈빛이 머릿속을 스쳐 갔다.

다시 일어나 비틀거리며 등산로 초입까지 내려왔다. 다 왔다는 생각에 숨을 크게 들이쉰 순간 용혜의 핸드폰이 시끄럽게 울렸다. 받으려는 찰나에 전화가 끊겼는데, 핸드폰 화면을 보니 부재중 전화가 여러 통 와 있었다. 승규, 팀장, 다른 팀의 동료들까지 연락을 해 왔다. 자신이 맡은 사건에 큰 문제가 생긴 듯했다. 용혜는 승규가 다시 건 전화를 얼른 받았다.

"야. 경찰서 홈페이지 자유 게시판에 올라온 거, 그 영상 뭐야?"

"네? 무슨 영상이요?"

"네가 찍힌 이상한 영상이 올라왔다고! 확인해!"

5장 카메라가 본 것

용혜는 급히 전화를 끊고 문주경찰서 홈페이지에 접속했다. 자유 게시판에 '괴물1, 용혜'라는 제목의 게시물이 올라와 있었다. 제목을 클릭하자 자신의 집 거실 모습을 담은 동영상이 떴다. 영상 속에서 용혜는 냉장고에서 생고기를 꺼내 비닐 포장을 제거한 뒤 바로 먹고 있었다. 각각 다른 날에 생고기를 먹는 용혜의 모습이 합쳐져 있는 동영상이었다. 뒤이어 석중에게서 문자 메시지가 도착했다.

- 주 경사님. 정말 미안하고 죄송합니다.

유건재에 이어, 이번엔 석중이 용혜에게 사과하고 있었다.

6

재현이 주문한 대로 석중은 용혜의 동영상을 신문사와 방송국에 제보했다. 그다음엔 용혜가 소속되어 있는 경찰서 홈페이지 자유 게시판에 올렸고 유명 유튜버들에게도 영상을 전달했다. 용혜를 찍은 영상들을 정리하는 동안 재현이 한 말이 거짓일 수도 있다는 의심을 품기도 했지만, 결국 석중은 자신이 정말 '괴물'을 포착했다고 결론 내리기로 했다. 그래야만 용혜의 사생활을 몰래 들여다본 것을 정당화할 수 있었다.

- 우리 주변에서는 가끔 이해할 수 없는 일들이 일어납니다. 이렇게 날것의 고기만을 먹을 수 있고 식인의 습성을 가진 괴물이 우리 주변에 도사리고 있습니다. 이 괴물은 문주경찰서 실종수사팀에서 근무 중인 경찰 주용혜입니다. 민중의 지팡이라는 탈을 쓰고 있지만 실은 사람들 속에 숨어 살고 있는 괴물입니다. 인간을 보면 식욕을 느끼는 식인 괴물을 촬영한 많은 영상을 가지고 있습니다. 아래 메일로 연락 주십시오. -

석중은 재현이 부르는 대로 글을 쓰고 동영상을 첨부해 메일을 보냈다. 분명 확인했을 텐데, 방송국과 신문사에서는 답이 없었다. 사람들 사이에서 회제가 될 만한 편파적인 영상을 올리는 유명 유튜버에게서 답 메일이 한 통 왔을 뿐이었다.

- 그냥 육회 먹는 거잖아. 또라이. 할 일 없으면 처자라. -

석중이 유튜버가 보낸 메일을 읽고 있는데 희영이가 작게 우는 소리가 들렸다. 재현은 샴푸실로 쓰였던 것 같은 공간에 희영이를 가두고 문을 잠갔다.

5장 카메라가 본 것

창 너머로 보니 여전히 의자에 손이 묶여 있는 아이는 고개를 숙인 채로 울고 있는 듯했다. 석중은 샴푸실의 문을 살짝 열고 들어가 희영이 근처에 가스히터를 놓아뒀다.

"미안하다."

석중의 말에 고개를 든 희영이의 눈은 퉁퉁 부어 있었고, 얼굴은 눈물과 콧물로 뒤범벅이 되어 있었다. 아이에게는 재현이 말한 '괴물'의 특징이 전혀 없었다. 불현듯 석중은 그동안 재현에게 속은 게 아닐까 싶어 불안해졌다.

사실 재현은 용혜가 날것을 먹는 영상이 바로 화제가 될 것이라고 보지는 않았다. 사람들은 보통 자신의 경험을 바탕으로 상황을 이해하니 용혜의 영상 또한 일단 상식 범위 내에서 해석할 거라고 예상했다. 하지만 두 번째로 누군가 사람을 먹는 영상이 올라온다면 첫 번째 영상도 달리 보일 터였다. 용혜가 생고기를 먹는 영상이 사람들에게 충격적으로 인식되려면, 반드시 희영이가 사람을 먹는 영상이 공개되어야 한다고 재현은 생각했다. 이곳에 석중과 희영이를 데리고 온 이유는 바로 그 영상을 찍기 위해서였다.

재현은 석중이 희영이를 위해 샴푸실 안에 들여

놓았던 가스히터를 다시 밖으로 빼냈다. 그 모습을 지켜보면서 석중은 한겨울에 여덟 살 아이를 냉골에 오래 방치하는 것도 명백한 아동 학대라고 생각했다.

창 너머로 새벽부터 물류센터로 들어서는 11톤 화물 트럭과 승합차들이 보였다. 승합차에서는 물류센터에서 일하기 위해 온 사람들이 우르르 내렸다. 재현은 경찰직에서 물러난 후 이 물류센터에서 지게차 운전 일을 했다고 말했다. 그리고 괴물의 존재를 널리 알리겠다는 일념하에 일주일 전 일을 관뒀다고 했다. 재현은 사람을 죽인 죄로 5년 동안 감옥에서 살다 나온 범죄자이기도 했다. 석중은 인터넷 검색을 통해, 업무 수행 도중 실수로 사람을 죽인 경찰이 5년이나 되는 형을 받는 경우는 흔치 않다는 걸 알게 되었다.

재현은 괴물의 몸 전체를 붉은 반점이 뒤덮고 있다고 말했다. 사람을 해칠 때는 눈빛이 변하고 짐승처럼 날쌔게 움직인다고도 했다. 하지만 석중의 카메라에 찍힌 용혜는 날것을 먹는다는 점 외에는 특이한 부분이 없는 사람이었다. 재현의 말에 따르면 희영이는 성인을 물어뜯어 죽였다는데, 지금 석중의 눈에 비친 희영이는 그저 추위와 배고픔에 지친 어린아이였다.

5장 카메라가 본 것

추위에 지쳐 있기는 석중도 마찬가지였다. 재현은 조명이 없는 밤의 폐건물에서는 선명한 영상을 찍을 수 없다고 판단해, 해가 완전히 뜰 때까지 건물 안에서 기다리기를 강요했다. 가스히터에 의지해 버티고는 있었지만 석중의 체력은 한계에 도달했다.

석중이 생각하기에 자신은 아무래도 망상증을 앓고 있는 정신병 환자에게 속고 있는 것 같았다. 자신은 탈북민에 대한 이야기를 담은 다큐멘터리를 찍은 감독이었는데, 어느새 아동 학대와 유괴에 동조한 범죄자가 되어 버렸다. 석중은 깊은 자괴감이 들었다.

핸드폰을 든 석중은 용혜의 번호를 검색했다. '주용혜 경사님'이라는 이름을 보니 연락하기가 망설여졌다. 주용혜에 대한 호기심이 이렇게 어리석은 결론을 낳았다는 것이 부끄러웠다.

처음에는 그저 용혜라는 사람이 궁금했고, 그 호기심을 취재라는 명목으로 포장했다. 카메라로 용혜를 관찰하는 것은 업무의 일환일 뿐이라고 스스로를 속여 왔다. 하지만 실은 그녀에 대한 관심을 제대로 표현할 용기가 없었던 것뿐이었다.

석중은 용혜를 좋아하고 있었다. 연락처의 '주용

혜'라는 이름을 마주하고 절망감과 죄책감에 휩싸인 지금에 와서야 그 사실을 깨달았다. 서른다섯 살이나 되어서도 자신의 마음을 제대로 들여다볼 줄을 몰랐다. 누군가에게 이성적으로 끌렸다는 걸 인정하지 못한 채로, 비겁하게 그 사람을 관찰하기만 했다. 왜 자신의 마음을 솔직하게 드러내는 게 그토록 힘들었을까. 왜 누군가를 먼저 좋아하게 된 것에 자존심이 상한 걸까. 꽃이라도 사 들고 가서 "당신을 좋아합니다."라고 말하는 게 뭐가 그리 힘들어 이 지경까지 오게 된 걸까. 석중은 탄식했다.

  그는 창밖으로 보이는 경진물류센터의 간판이 거울에 비치는 각도로 희영이 사진을 찍어 용혜에게 전송했다. 부디 용혜가 희영이를 구출해 주기를 바랐다. 아니, 자신을 구해 주기를 바랐다. 석중은 더 이상 재현의 계획에 동참하지 않고 도망갈 작정이었다.

7

용혜는 석중의 메시지가 무슨 의미인지 알아차렸다. 몇 번이나 석중과 통화하려고 시도했지만 그의 핸드폰은 꺼진 상태였다. 용혜는 석중이 보낸 사진을 들여다본 뒤 지도 앱을 열어 '경진물류센터'의 위치를 확인했다. 그리고 근방의 미용실을 찾았다. 하지만 물류센터 반경 10km 안에는 미용실이 없었다. 용혜는 큰 거울이 있을 만한 점포들을 검색해 봤지만, 희영이가 있는 장소를 특정할 수 없었다.

이건 아동 납치 사건이었다. 경찰에 신고해야만 했다. 하지만 차마 그럴 수가 없었다. 일단, 용혜는 경진물류센터를 향해 출발했다. 최대한으로 밟으면 경진물류센터가 있는 주산시에 한 시간 이내로 도착할 수 있었다.

8

희영이는 울다 그치기를 반복했고 재현은 석중이 세팅한 카메라를 살펴보느라 여념이 없었다.

"이제 자동으로 알아서 포커스를 맞춰 주는 걸로 세팅이 된 거지?"
"네."
"카메라를 이 케이블로 컴퓨터에 연결하면 촬영한 게 바로 컴퓨터에 저장되는 거고."
"네. 그런 일은 제가 하면 되는데 왜 자꾸 물어보세요?"

석중은 핸드폰을 손에 꼭 쥐었다. 더 이상 여기서 시간을 허비할 수 없다고 생각했다.

"근데요…. 제가 지금 일이 몰려 있어서 대표가 편집실에 빨리 오라고 난리예요. 카메라도 가져가야 될 거 같아요."

"희영이가 더 배고파질 때까지 기다리면 재미있는 걸 찍을 수 있는데도?"

석중은 재현의 그 말에 자기도 모르게 피식 웃고 말았다.

"주 경사님 영상 본 사람들이 다 문제가 없다고 그러고, 방송국이랑 언론사에서도 제보 메일에 회신을 안 주잖아요. 마찬가지예요. 어린애 굶겨 놓고 생고기 던져 주면 먹을 수도 있죠. 오히려 이쪽이 아동 학대로 걸려요."

"응, 그렇구만."

재현은 석중의 말에 고개를 끄덕였다. 석중은 재현이 너무 쉽게 수긍하자 위화감을 느꼈다. 하지만 이곳에서 나가 자신도 재현에게 당한 피해자라는 걸 빨리 증명하는 일이 우선이었기 때문에 더 깊게 생각하지는 않았다.

"만약에… 희영이가 생고기 말고 사람을 먹는 게 찍히면?"

5장 카메라가 본 것

"네? 그러면…. 근데 그걸 어떻게 찍어요? 애를 저렇게 묶어 두고."

석중은 대수롭지 않게 대꾸하며 카메라를 향해 다가갔다. 재현에게 필요한 건 자신이 아니라 카메라였다. 석중은 만약 재현이 카메라를 두고 가라고 한다면 어떤 핑계를 댈까 궁리했다. 렌즈값까지 쳐서 600만 원이나 하는 카메라를 재현에게 빌려주긴 곤란했다. 석중은 카메라를 빨리 정리하고 나가야겠다는 생각에 집중했다.

석중은 카메라의 녹화 정지 버튼을 누르려다가 거울을 통해 자신의 뒤에 서 있는 재현을 보았다. '왜 내 뒤에 서 있는 거야.'라는 생각을 하고 있으려니, 재현의 손에 들린 멍키 스패너가 보였.

"그건 왜…"

석중이 재현을 향해 뒤로 돈 순간, 재현이 멍키 스패너로 석중의 머리를 세게 내리쳤다. 날카로운 고통에 눈앞이 번쩍였다. 두 번째, 세 번째 타격이 곧바로 이어졌다. 의식이 흐려지는 순간에도 석중의 눈에는 카메라의 빨간 불빛이 선명하게 보였다. 이내 쿵- 하고 석중은 쓰러졌다.

재현은 석중과 함께 쓰러진 삼각대와 카메라를 살폈다. 다행히 카메라는 무사했다. 재현은 삼각대를 다시 설치한 뒤, 카메라의 빨간 불을 보고 여전히 녹화가 되고 있다는 걸 확인했다.

석중의 피가 흐르는 바닥을 한참 응시하던 재현은 석중에게 다가가 맥을 짚었다. 숨이 끊어진 듯했다. 희영이가 시체를 먹는 모습을 확실히 찍기 위해서는 어쩔 수 없이 희생자를 한 명 만들어야 한다고 생각했었다. 재현은 적당한 인물을 찾았다. 석중의 편집실로 찾아갔을 때부터 재현은 석중을 희생자로 점찍어 뒀었다.

성포산에서 우현기를 죽인 범인이 누구인지, 자신이 억울하게 형을 산 이유가 무엇이고 자신에게 왜 왼쪽 다리가 없는지 이제 모두가 알게 될 거라고 재현은 생각했다. 어찌 보면 자신과 우현기도 희생자였다. 그러니 부디 석중이 억울해하지는 않기를 바랐다. 석중의 희생으로 괴물의 정체를 밝혀내고 그들을 다 잡게 된다면 석중은 수많은 사람을 살린 구원자가 되는 셈이니까.

재현은 잠가 뒀던 샴푸실의 문을 열었다. 여전히 울고 있는 희영이를 문밖으로 꺼내고 아이의 손을 결박하고 있던 끈을 풀었다. 재현은 희영이의 공격성을 잘 알고 있기에 한 손에는 멍키 스패너를, 다른 한 손에는 쇠 파이프를 든 채로 석중을 가리켰다.

5장 카메라가 본 것

"배고프지? 얼른 먹어."

하지만 아이는 울기만 할 뿐, 석중 곁으로 다가가지 않았다. 재현은 희영이를 윽박질렀다.

"먹으라고!! 먹어!! 이 괴물아, 어서 먹으라고!!"
"쿵. 쿵. 쿵. 쿵. 쿵. 쿵."

희영이가 이상한 소리를 반복적으로 내기 시작하자, 재현은 더 매몰차게 다그쳤다.

"네 먹이가 여기 있잖아! 달려들어서 뜯어 먹으라니까!!"

9

용혜는 물류센터 근처에 차를 주차하고 출근 인파 속으로 뛰어들었다. 절박하게 주변을 두리번거리며 달리는 용혜를 사람들이 이상하게 쳐다봤지만 주변의 시선 따위에 신경 쓸 겨를이 없었다. 용혜는 석중이 보낸 사진 속 공간을 찾아내는 데 집중했다. 얼마나 달리고 걸었을까. 용혜는 자신이 그 공간을 찾았다는 걸 직감했다. 시체 냄새가 나고 있었다.

냄새가 나는 곳으로 걸음을 옮기자 철거를 앞둔 4층짜리 낡은 상가 건물이 보였다. 그 건물의 3층에 '모드헤어'라는 간판이 붙어 있었다.

휴가 중이었기에 수갑도 테이저 건도 권총도 지니고 있지 않았지만, 용혜는 자신이 한발 늦은 거라면 어쩌나 하는 불안감에 서둘러 폐건물 안으로 뛰어들었다.

건물 내부에 들어서자 시취가 더욱 강렬하게 용혜를 자극했다. 3층 미용실 바닥에는 석중이 누워 있었다. 흘린 피의 양을 봤을 때 이미 숨을 거둔 상태인 것으로 보였다. 용혜가 맡은 냄새는 석중에게서 나는 것이었다. 석중의 앞에는 희영이가 서 있었다. 용혜는 시신을 마주하고 있는 희영이에게 선뜻 다가가지 못했다. 지금 희영이가 느끼고 있을 감각을 용혜도 느꼈다. 이 냄새를 처음 맡았을 때부터 온몸이 떨렸고 입안에 침이 고였다. 허기졌다. 포만감이 가져다주는 행복이 어떤 느낌일지 궁금했다.

"희영이, 안 돼."

입으로는 그렇게 말했지만 용혜도 석중의 시신을 향해 다가가고 있었다. 온몸이 간질간질했고 붉은 반점이 제각각 날뛰고 있는 게 느껴졌다. 전신의 세포들이 '먹어!'라며 아우성치고 있었다.

"먹어!"

재현의 고함 소리가 울렸다. 용혜가 재현을 향해

5장 카메라가 본 것

고개를 돌렸다. 그는 카메라 뒤에서 광기 어린 눈으로 용혜와 희영이를 지켜보고 있었다.

"어서 먹어! 이 괴물들아!"

용혜는 방향을 바꿔 재현에게로 걸어갔다. 용혜의 심장이 튀어 나갈 것처럼 세게 뛰기 시작했다. 스스로의 몸을 제어할 수가 없었다. 모든 기관이 맹렬한 기세로 움직였다. 몸 전체가 뜨겁게 타오르는 느낌이 들었다. 용혜는 재현에게 네발로 달려들었다. 용혜가 재현을 덮치자 그는 환희에 찬 웃음을 터뜨렸다.

"봐! 내 말이 맞잖아! 그때랑 똑같아! 그때도 이랬어!"

온몸이 붉게 변한 용혜가 강한 힘으로 재현의 목을 짓누르자, 재현은 들고 있던 쇠 파이프로 용혜의 머리를 내리쳤다. 쇠 파이프가 용혜의 관자놀이를 스쳤고 뜨거운 것이 뺨을 타고 흘러내렸다. 하지만 고통 따위는 느껴지지 않았다. 오히려 더 강렬한 식욕이 치밀어 올랐다. 용혜의 손톱이 재현의 목을 파고들었다.

"그래, 그래! 더 드러내!"

재현은 다시 쇠 파이프를 휘둘렀지만 이번엔 빗나갔다. 용혜의 동작이 너무 빨랐다. 마치 뼈가 없는 동물처럼 용혜의 몸이 유연하게 휘었다. 재현은 의족 때문에 균형을 잃었고, 용혜는 그 틈을 놓치지 않았다. 순식간에 재현의 손목을 움켜쥐니 쇠 파이프가 바닥으로 떨어졌다. 재현이 다른 손에 들린 멍키 스패너를 들어 올리려 했지만 이미 늦었다. 용혜는 짐승처럼 재현의 팔뚝을 물어뜯었다.

"으악!"

재현이 비명을 지르며 용혜의 머리채를 잡아당겼다. 용혜는 고개가 들린 채로 거울에 비친 자신의 모습을 보았다. 진짜 괴물이 되어 있는 모습이었다. 용혜는 가볍게 힘을 주어 고개를 꺾고 재현의 상태를 확인했다. 재현의 의족은 다리에서 빠졌다. 그는 피를 잔뜩 흘리고 있었다.

"늦었어! 이미 다 카메라에 찍혔어."

용혜는 재현을 눌러 제압한 상태로 카메라를 향해 고개를 돌렸다. 사신을 찍고 있는 카메라에서 붉은 점이 깜빡였다. 카메라는 모든 걸 놓치지 않고 찍는 중이었다. 용혜가 카메라를 향해 걸음을 내디딘 순간, 희영이의 목소리가 들렸다.

"쿵. 쿵. 쿵. 쿵. 쿵."

곧이어 희영이가 재현에게 달려들었고, 재현의 목을 물어뜯었다. 용혜와 카메라가 그 광경을 함께

5장 카메라가 본 것

바라보고 있었다. 용혜는 가만히 카메라의 녹화 정지 버튼을 눌렀다. 잠시 후 재현의 몸은 힘없이 축 늘어졌다. 희영이는 미소를 지으며 행복하고 만족스러운 표정으로 재현의 살점을 먹고 있었다.

6장 허기

1

"쿵. 쿵. 쿵. 쿵. 쿵."

차 안에서 희영이는 반복적인 소리를 냈다. 희영이는 다섯 살 때 엄마 유정의 죽음을 목도하면서 그 소리를 들었다. 천장에서 바닥으로 엄마가 떨어지던 소리. 쿵.

어린 희영이는 자신의 마음을 표현할 수 있는 단어를 몰랐다. '쿵'은 희영이가 느끼는 가장 큰 두려움을 나타낼 때 내는 소리였다. 희영이는 소리 내기를 멈추고 운전하고 있는 용혜의 어깨를 손가락으로 툭툭 쳤다.

"왜?"

"눈이 어디서부터 내리기 시작하는지 알아요?"

6장 허기

희영이가 뒷좌석 창문에 바짝 붙어 앉아 하늘을 바라보자, 용혜도 고개를 들어 잠깐 하늘을 봤다. 하늘에서 떨어진 눈송이가 차의 앞 유리창으로 떨어졌다.

"글쎄."

차창을 내린 희영이는 내민 고개를 위로 꺾어 하늘을 올려다봤다.

"난 알 것 같아요. 우주에서부터 내리는 거예요."
"우주?"
"근데 우주 별에 내리는 눈은 어디서 시작되는지 알 수 없어요."

아이의 상상력에 용혜는 희미한 미소를 짓다 말았다. 뒷좌석에 앉아 있는 희영이의 옷에는 재현의 피가 묻어 있었다.

"그건 누가 얘기해 줬어?"
"엄마가요. 엄마는 눈이 어디에서부터 내리는지 보려고 위로 올라간다고 했어요."

희영이의 말을 들은 용혜는 침묵을 지켰다. 허공에 흩날리는 눈송이들이 점점 많아졌다.

용혜는 희영이의 손을 잡고 성포산으로 향했다. 끔찍한 사고가 얼마 전에 일어났는데, 아직도 등산로가 아닌 곳에는 CCTV가 설치되어 있지 않았다. 아이의 손은 조금만 힘을 주어도 부서질 듯 작고 차가웠다. 매서운 겨울바람이 두 사람의 얼굴을 할퀴듯 스치고 지나갔다. 어느새 쌓이기 시작한 눈은 밟을 때마다 사각거렸고, 가쁜 숨을 내쉴 때마다 하얀 입김이 허공으로 흩어졌다. 희영이는 자주 걸음을 멈추고 숨을 몰아쉬었다. 어느덧 희영이에게서 나던 냄새가 다른 곳에서도 나기 시작했다. 용혜와 희영이 앞에 서 있는 느티나무 뒤에서 나는 그 냄새를 희영이도 알아챘다.

"저 나무."

희영이가 앙상한 가지를 하늘로 뻗은 거대한 느티나무를 가리켰다.

"저 나무에서 냄새가 났어."

희영이가 가까이 다가가자, 나무 뒤에서 관이 모습을 드러냈다. 관은 희영이가 입으면 딱 맞을 만한 겨울용 점퍼를 들고 있었다.

"안녕. 드디어 우리가 만나는구나. 나는 너희 엄마의 오랜 친구야."

"그럼, 아줌마도 외계인이에요?"

희영이의 물음에 관이 호탕하게 웃었다.

"앞으로 어떻게 살 거예요?"

6장 허기

용혜의 질문을 받은 관은 이내 쓸쓸한 표정을 지었다. 오랜 시간 숨어 살아온 자의 피곤함이 얼굴에 묻어 있었다.

"우리는 우리의 방식대로 살 거야. 그러다 들키면 상위 포식자에게 잡아먹혀 멸종된 동물처럼 그렇게 사라져야지."

잠시 침묵이 흘렀고, 용혜는 천천히 희영이의 손을 놓았다. 아이의 작은 발걸음이 남긴 희미한 발자국이 관에게로 이어졌다.

"미안해."

평범한 삶을 더 이상 살 수 없게 된 희영이에게 용혜가 해 줄 수 있는 말은 그것뿐이었다.

"너는?"

"전 제 방식으로 살아남아야죠."

관은 용혜도 자신들과 함께 떠나길 바랐지만 용혜는 관과 희영이의 손을 잡지 않았다.

"네 선택이 너에게 끝내 옳은 선택이길 바랄게."

이내 산속 깊은 곳으로 사라진 두 사람의 발자국이 금세 눈으로 덮여 갔다. 용혜는 두 사람이 모습을 감춘 산속을 한참 바라봤다.

2

용혜의 전화를 받고 현장에 도착한 승규는 참상을 목도했다. 60대로 보이는 남성의 시신은 참혹하게 훼손되어 있었고, 석중은 머리에 치명상을 입은 채 쓰러져 있었다.

용혜는 석중으로부터 아동 납치를 의미하는 사진을 전송받고, 어떻게 된 일인지 알아보기 위해 이곳에 왔다고 진술했다. 승규는 카메라를 들고 경찰서를 들락거리던 석중을 떠올렸다. 숫기가 좀 없어 보이긴 했지만 별다른 문제가 있는 사람은 아니었다. 잘 아는 사람이 피해자가 되었다고 생각하니 안타까운 마음뿐이었다. 석중은 항상 카메라를 가지고 다녔었다. 회식 자리에도 카메라를 가지고 왔길래 석중의 카메라는 거의 경찰들이 가지고 다니는 바디 캠이나 CCTV 수준이라고 우스갯소리를 한 적도 있었다. 하지만 정작 석중이 사망한 현장에는 그의 카메라가 없었다. 곧 철거될 건물이라 방범 카메라도 없었다.

용혜의 진술에 따르면 용혜가 도착했을 때 석중은 이미 사망 상태였고, 이 상황을 신고하려는 용혜와 재현 간에 몸싸움이 있었다. 용혜는 재현이 들고 있던 쇠 파이프에 가격당한 뒤 정신을 잃었다고 했다. 의식을 되찾았을 때 이재현은 이미 사망한 상태였고, 희영이는 사라진 뒤였다. 현장감식반은 석중의 머리를 가격한 흉기로 추정되는 멍키 스패너를 발견했는데, 여기서 이재현의 지문이 검출되었다. 경진물류센터에서 확보한 CCTV 영상에는 이재현이 이 흉기를 반출하는 모습이 찍혀 있었다.

이재현의 시신이 훼손된 상태가 성포산 사건의 피해자 우현기의 상태와 유사해 관련 조사가 진행되었는데, 이 과정에서 우현기의 부인 박은옥이 충격적인 주장을 했다. 두 사건의 범인이 자신의 딸, 우희영이라는 것이었다. 하지만 그 말을 믿는 경찰은 없었다. 희영이는 키가 고작 130cm에 몸무게는 겨우 20kg밖에 안 되는 어린아이였다. 반면에 우현기의 키와 몸무게는 182cm에 90kg이었으며, 이재현은 178cm에 85kg이었다. 경찰은 박은옥이 성포산 사건의 충격으로 인해 혼란에 빠진 채로 허황된 발언을 했다는 결론을 내렸다.

수사팀은 석중의 주거지를 수색하는 과정에서 용혜의 사생활을 촬영한 영상물들을 발견했다. 석중의 불법 촬영과 스토킹은 엄연한 범죄였지만, 본인이 이미 사망한 상태였기에 관련 수사를 진행하는 것은 무의미했다.

이번 사건은 사회적으로 화제가 된 사건의 피해

자 아동을 납치해 주목을 끌려던 자가 분쟁에 휘말려 다툼을 벌인 끝에 살인에 이르게 된 사건인 것으로 보였다. 용혜는 자신을 스토킹하던 석중의 도움 요청을 받아 연루된 듯했다. 경찰서 게시판에 올라간 용혜의 동영상 문제 또한 석중이 벌인 스토킹 범죄의 일환으로 정리되었다. 석중은 이미 사망했고 그의 사망과 관련한 사실은 대부분 밝혀졌지만, 재현의 죽음에 대한 정보는 턱없이 적었다. 결정적인 단서의 부족으로 재현의 정확한 사망 경위와 용의자를 특정하지 못해 수사는 답보 상태가 되었다.

밤낮으로 이어진 수색에도 불구하고 희영이의 행방 또한 확인되지 않았다. 아이는 또 다른 미제 사건의 주인공이 되어 장기 실종자 명단에 이름을 올렸다.

문주경찰서 자유 게시판에 올라온 용혜의 동영상을 본 몇몇 짓궂은 동료들은 그 게시물의 제목을 인용해 '괴물 용혜'라며 용혜를 놀렸다. 그럴 때마다 용혜는 그저 웃으며 무마했다.

속으로는 자신이 정말로 '괴물 용혜'일 수도 있다고 생각했다. 희영이는 미용실에서 자신이 한 일을 기억하지 못했지만, 석중의 카메라를 확보한 용혜는 메모리 카드에 기록된 영상을 모두 보았고 무슨 일이 있었는지 전부 확인했다.

영상에는 재현이 석중을 죽인 뒤 희영이를 잡아끌고 와서는 석중을 먹으라며 윽박지르는 모습이 찍혀 있었다. 괴물이 되어 재현에게 달려드는 자신의 모습도 찍혀 있었다. 희영이와 자신, 그리고 관은 재현의 말대로 괴물일지도 몰랐다.

용혜는 결정적인 증거가 담긴 SD 메모리 카드를 서랍에 깊숙이 넣어 보관했다. 만약 우현기와 이재현의 사망 사건과 유사한 사건이 또다시 발생한다면, 그땐 이 메모리 카드를 공개해야 할 수도 있었다. 하지만 지금의 자신에게는 그런 선택을 할 용기가 없었다. 마음 한구석엔 직무를 저버린 경찰로서의 죄책감이 자리 잡고 있었지만, 모든 진실을 밝힌다면 이곳에 존재할 수 없게 될지도 모른다는 공포가 더 컸다.

용혜는 유건재가 어떻게 죽었는지에 대해서도 알게 되었지만 그 사실을 유건재의 가족들에게 말하지 않았다. 예전에 이재현이 말한 것처럼 용혜는 이 사건을 해결할 수 있었지만 해결하지 않기로 했다. 유건재는 여전히 실종 상태로 남게 되었다.

용혜는 고등학생이 좋아할 법한 화려한 마카롱

세트를 구매하려고 디저트 가게에 갔다. 동그란 유리 진열장 안에 파스텔 톤의 마카롱이 가지런히 놓여 있었다. 용혜는 자신이 구매한 마카롱 세트를 직원이 포장하는 동안, 가게 테이블에 앉아 음료와 마카롱을 먹는 여고생을 바라봤다. 작은 마카롱을 빨리 먹기가 아까운지 반으로 쪼개고 안쪽의 크림을 혀로 핥더니 한 입 베어 물고 몸을 흔들며 행복해하는 미소를 지었다. 용혜의 옆에서는 한 쌍의 연인이 어떤 맛을 고를지 진지하게 고민하고 있었다.

사람은 단것을 먹으면 기분이 좋아진다고 했다. 용혜는 지현이를 위해 마카롱 세트를 구매했다. 지현이가 이 마카롱을 어떻게 먹을지 알고 싶었다.

지현이는 이번에 입학한 고등학교의 교복을 입고 용혜 앞에 나타났다. 봄이 되었는데도 불구하고 손에 장갑을 끼고 있었다. 목에는 스카프를 맸고 치마 대신 바지로 된 교복을 입어서 피부가 거의 드러나지 않았다.

"저희 아빠 소식 있어요?"

지현이는 공원의 원형 공연장 계단에 털썩 주저앉으며 물었다.

"아니."

6장 허기

"그렇구나. 아빠는 다른 세계로 순간 이동이라도 했나 봐요."

여전히 지현이의 가방에는 마이멜로디 캐릭터 키 링이 달려 있었다. 용혜는 관의 배낭에 매달려 있던 같은 키 링을 떠올렸다.

"이건 왜 달고 다니는 거야?"
"네? 귀엽잖아요."

지현이는 당연한 걸 왜 묻냐는 식으로 대꾸했다.

"아빠한테도 이걸 달아 준 사람이 너야?"
"어? 아빠가 이거 갖고 있는 걸 어떻게 알았어요? 아…. CCTV에 찍혔나 보다."

지현이는 키 링을 만지작거리며 대답했다.

"아빠가 갑자기 제가 잘 나온 걸로 요즘에 찍은 사진을 달라고 하길래 대신 얘를 줬어요. 그때는 안 그러던 사람이 느닷없이 사진을 달라고 하니까 그게 너무 싫고 짜증 나서 이걸 준 건데…."
"그런 일이 있었구나."
"아빠도 가방에 이걸 달고 있었어요?"
"응…. 아마도."
"음…. 이럴 줄 알았으면 그냥 내 사진 줄걸."

지현이가 장갑 낀 두 손으로 얼굴을 감쌌다.

"날씨도 따뜻한데 왜 장갑을 끼고 있어?"

용혜는 일부러 무심하게 물었다.

"아빠가 남들한테 보이면 안 된다고 그랬어요."

"뭘?"

지현이가 장갑을 벗으며 보여 준 손에는 예상대로 붉은 반점이 있었다. 스카프로 가린 목에 있는 반점도 살짝살짝 보였다.

"왜 이걸 보이면 안 돼?"

"이게 괴물이라는 증거래요. 아니, 사람들이 괴물이라고 생각할 거래요."

지현이는 용혜가 선물한 마카롱을 상자에서 꺼내더니 한 입 베어 물고는 오물거리며 먹었다.

"우와, 맛있어요. 엄청 달고 크림은 촉촉해요."

용혜는 마카롱을 먹는 지현이의 표정을 살폈다. 무언가를 먹는 사람들의 표정을 오래 관찰해 온 용혜는 알 수 있었다. 지현이 역시 마카롱을 맛있게 먹는 척 연기하고 있다는 것을.

용혜는 소매를 걷어 올려 자신의 팔에 난 붉은 반점을 지현이에게 보여 줬다.

"어! 나랑 똑같아."

지현이가 놀라며 용혜의 붉은 반점을 살폈다.

6장 허기

"이건 우리가 괴물이 아니라는 증거야. 붉은 반점이 있는 한 넌 괴물이 아니야."

용혜의 말을 이해하지 못하겠다는 표정을 짓던 지현이는 이내 수긍하듯 고개를 끄덕였다.

"알아요. 아빠가 나한테 괴물이라고 그러면, 엄마가 항상 우리 딸은 천사라고 말해 줬어요."

지현이는 손에 다시 장갑을 끼었다.

"여름이 되면 벗을 거예요. 처음 본 애들이 자꾸 몸이 왜 그러냐고 물어보는 게 싫어서. 친해지고 나면 말해 주려고요."

"뭐라고 말하게?"

"야! 내 몸이 원래 이런 걸, 어쩌라고?"

지현이가 일부러 건들건들한 자세를 취하며 말하자, 용혜는 지현이의 머리를 쓰다듬으며 미소 지었다.

용혜가 문주서로 복귀하는 사이에, 라디오에서 오늘의 사건 사고 뉴스가 흘러나왔다.

– 어제 오후 강원도 천주산에서 봄철 등산을 즐기던 40대 남성이 실종되는 사건이 발생했습니다. 경찰과 소방 당국은 즉각적인 수색 작업을 벌

이고 있으나 현재까지 실종자를 찾지 못한 상태입니다. 실종자는 경기도 용인에 거주하는 김 모 씨로 친구와 함께 천주산으로 갔다가 등산로를 벗어난 이후 돌아오지 않았습니다…. -

용혜는 가만히 뉴스를 들으며 관과 희영이가 어쩌면 지금 천주산에 있을지도 모른다고 생각했다.

용혜는 아빠가 사라진 뒤, 집 근처에서 유난히 심하게 나던 시취를 떠올렸다. 그리고 그 냄새를 맡을 때마다 평소보다 더욱더 허기가 심해져 배고픔에 괴로워하던 자신을 떠올렸다. 아직도 용혜는 아빠 태용이 어디에 있는지 알 수 없었지만 아빠가 죽었다는 것은 어렴풋이 짐작할 수 있었다. 이제는 예전처럼 불안하지 않았다. 관의 말이 사실이라면 자신의 몸에 가득한 붉은 반점은 자신이 아빠를 먹지 않았다는 증거였기 때문이다.

용혜는 언젠가 자신 또한 희영이처럼 괴물이 될지도 모른다는 두려움을 이겨 내지 못했다. 늘 채워지지 않는 허기와 그 허기가 주는 고통을 이겨 내는 법을 알아내지도 못했다. 아마도 영원히 극복할 수 없을 거라 생각한다. 용혜는 시신에 식욕을 느끼는 특이한 식성을 언젠가 사람들에게 들킨다면, "나는 사람을 죽이지 않았고 먹은 적도 없어. 그저 이

6장 허기

끝없는 배고픔이 나를 괴롭힐 뿐이야."라고 말할 수 있길 바랐다.

　유건재와 이재현의 죽음을 감췄다는 죄책감은 앞으로 계속 자신을 따라다니며 괴롭힐 거다. 그리고 끔찍한 허기 역시 용혜를 매 순간 힘들게 할 거다. 용혜는 인간과 괴물의 경계에 서 있었다. 현재로서는 인간으로 살기를 선택했다. 생존하기 위해 내린 결정이었다. 그리고 아직까진 그 선택을 후회하지 않았다.

작가의 말

꽤나 완성을 염원하던 영화를 만들고 난 후, 한동안 이야기를 만드는 일에 의욕을 잃었다. 한 편의 영화를 완성했다는 기쁨보다는 허무함이 더 크게 다가왔고, 이후 '어떤 이야기를 해야 하는가'라는 근본적인 질문이 나를 붙잡았다. 지금 돌이켜 보면, 새로운 이야기를 시작하는 것에 대한 두려움과 불안이 그런 질문의 형태로 나를 옭아매고 있었는지도 모르겠다.

그래서 조금 더 가벼운 마음으로, 판타지가 가미된 우화 같은 이야기를 쓰기로 했다. 몇 년 전 웹툰이나 웹 소설로 완성해 보고자 구상했던 『괴물, 용혜』를 소설로 써 보기로 한 건 그런 이유에서였다.

하지만 역설적이게도, 마냥 재미있게 쓸 수 있고 머리를 가볍게 해 주는 이야기는 없다는 것을 『괴물, 용혜』를 쓰면서 깨달았다. 이야기를 쓰는 건 언제니 자신에 대한 불신과 불안, 자책과 함께하는 일이라는 사실을 확인하는 계기가 되었다.

불신, 불안, 자책 외의 다른 동행자도 있었다. 이 소설을 완성하는 과정은 주인공인 용혜와 함께 나아가는 여정이기도 했다. 용혜는 괴물적인 면모를 가지고 있고 그 괴물성을 직면하지만, 자신의 인간성을 찾아 끝내 사회에서 생존하고야 마는 인물이다.

작가의 말

'용혜'는 '용기와 지혜'를 뜻하는 이름이기도 하고, 오랜 기간 연을 이어 온 내 친구의 이름이기도 하다. 나는 평소 그 친구가 가진 건강함을 본받고 싶다고 생각해 왔다. 그 친구의 이름을 가진 인물이라면 장편 소설이라는 긴 길을 묵묵히 걸어 나갈 수 있을 것 같았다. 다소 꺼려질 수 있는 설정을 가진 인물임에도 자신의 이름을 쓸 수 있게 해 준 친구에게 감사를 전한다.

그리고 이 소설의 기획부터 완성에 이르는 전 과정의 동행자가 되어 준 헤이든 PD님에게도 감사의 인사를 전한다. 덕분에 이야기를 잘 마무리할 수 있었다.

'괴물과 인간의 차이는 무엇일까?'라는 질문은 이 소설을 쓰는 동안 내내 나를 따라다녔다. 어쩌면 우리는 불안과 고통을 안고서 괴물과 인간의 경계 위에 선 채로 살아가고 있는지도 모른다. 이 이야기를 읽어 주신 독자 여러분을 비롯한 우리 모두가, 끝내 이 사회에서 인간으로서 살아남기를 간절히 바란다.

2025년 4월 김진영

프로듀서의 말

『괴물, 용혜』는 인간의 육체에 이상 식욕을 느끼는 실종 사건 전담 경찰 용혜가 미스터리한 실종 사건과 살인 사건을 추적해 가면서 자신이 지닌 괴물성의 실체를 알아 가는 이야기입니다.

'과연 누가 괴물인가? 괴물성이란 무엇인가?'

『괴물, 용혜』가 지금의 이야기가 되기까지 작가님과 함께 놓지 않았던 질문입니다. 주인공 용혜는 실종 사건을 추적해 가면서, 자신조차 혐오해 왔던 스스로의 괴물적 면모에 대해 서로 다른 입장을 취하는 인물들을 만나게 됩니다. 이 이야기는 때로는 불쾌하고 때로는 비밀스러운 마주침을 통해 '과연 괴물이란 무엇인가?'라는 질문을 던집니다. 하나의 현상을 두고 다양한 입장이 부딪치는 『괴물, 용혜』의 구성은 현실의 모습과 닮아 있습니다. 괴물성과 연결 지어 생각해 볼 수 있는 '외형과 내면', '혐오와 공존', '은둔과 폭로(폭력)' 등의 테마들이 충돌하는 모습을 고루 다룸으로써 이 이야기에 조금이나마 현실을 반영하고자 하였습니다.

작품 안에서 '괴물'로 여겨지는 여성들은 신체 어딘가에 붉은 반점을 지니고 있습니다. 이 붉은 반

프로듀서의 말

점은 괴물의 표식처럼 보입니다. 그러나 어느 순간, 괴물이라고 일컬어지던 이들의 붉은 반점이 '인간성을 지키려 했던 노력'의 증거라는 사실이 밝혀집니다. 이는 외형만이 괴물성을 시사하지는 않는다는 것을 보여 주는 장면이 아닐까요. 그렇다면 우리는 누구를 괴물이라고 정의할 수 있을까요?

  자신의 본능을 알기 때문에 사회와 분리되어 살아가는 은둔자 관과 충격적인 사건의 당사자이자 더 이상 평범해질 수 없는 어린아이 희영은 정말 괴물일지도 모릅니다. 어쩌면 용혜 역시 잠재적으로는 괴물일지도 모릅니다. 본능을 참지 못할 가능성이 있으니까요. 그러나 관과 용혜는 희영의 미래에 대해 서로 다른 입장을 취합니다. 관은 은둔하기를 택하는 편이 좋다고 생각하고, 용혜는 사회를 떠나지 않는 편이 낫다고 여기지요. 실종 전담 경찰인 용혜는 사회 안에서 자신의 역할을 충실히 해내고 싶어 합니다. 다시 말하면 본능을 억누르더라도 다른 사람들과 공존하기를 원합니다. 용혜에게는 그 바람이 본능을 충족하는 것보다 더 중요한 것이겠지요. 우리는 용혜를 괴물이라고 부를 수 있을까요?

  재현이라는 인물은 붉은 반점의 여인들을 '괴물'

로 정의합니다. 재현은 잃어버린 과거를 되찾는 일에 혈안이 되어 있고, 이를 위해 끊임없이 누군가를 배제하고 제거하려는 행동을 합니다. 재현은 자신이 무엇을 보지 못하는지 모르고, 그래서 자신이 무엇에 매몰되어 있는지도 알지 못하는 인간 군상을 대표하는 인물처럼 보입니다. 이 인물이 보여 주는 혐오와 폭력은 정상성에 대한 집착으로도 볼 수 있을 것입니다.

석중은 어떤가요? 석중은 다큐멘터리 감독입니다. 다큐멘터리를 만드는 것이 카메라를 통해 타인 혹은 세계와의 만남을 주선하는 일이라고 거칠게 정의해 본다면, 석중은 타인과 세계를 너무나 평범하게 욕망하고 쉽게 물들어 버립니다. 결국 석중의 카메라는 정성스러운 눈길이 아니라 무지하게 내던져진 폭력의 수단으로 전락합니다. 이제 우리는 '괴물은 누구인가?'를 넘어서 '괴물성이란 무엇인가?'라는 질문을 받게 됩니다.

괴물성이란 무엇일까요? 『괴물, 용혜』는 다양한 인물을 통해 괴물성에 대한 정의를 내려 주고 있습니다. 독자 여러분께서는 무엇이 괴물성이라고 생각하시나요? 저는 인간의 살점을 먹어야만 자기 본위의 삶을 살 수 있는 한 여자의 이야기를 통해,

이 세상 어딘가에서 지금도 심심치 않게 벌어지는 인간성 상실의 현장들을 떠올리게 되었습니다.

2023년 9월, 김진영 작가님과 『괴물, 용혜』의 이야기를 시작했습니다. 작가님과 함께 비쩍 마른 용혜를 떠올리고, 인간이 갑작스레 괴물이 되는 순간을 떠올리면서, 이야기 속 용혜가 숨지 않기를 바라 왔습니다. 이 세계에서 나의 역할을 해내고자 숨지 않기로 한 용기와 지혜를 가진 사람. 괴물, 용혜.

PD로서 작가님들과 함께 이야기를 만들어 나가다 보면, 이 이야기를 다 알 것 같다는 생각이 들다가도 작가님들의 원고를 본 후에야 깨닫는 것들이 있어 놀라곤 합니다. 저는 이 이야기를 통해 또 무언가를 배운 것 같습니다.

한 문장씩 나아가 마침내 마침표를 찍어 주신 김진영 작가님께 진심을 담아 감사드립니다. 그리고 『괴물, 용혜』를 읽어 주신 독자님, 감사합니다.

안전가옥 스토리 PD
이은진 드림

괴물, 용혜

지은이	김진영
펴낸이	김홍익
펴낸곳	안전가옥
기획	안전가옥
프로듀서	이은진
퍼블리싱	강현지 · 김수인
편집	이혜정
디자인	금종각 · 김하얀
비즈니스	이기훈
경영지원	권혜영
출판등록	제2018-000005호
주소	(04779) 서울특별시 성동구 뚝섬로1나길 5, 헤이그라운드 성수 시작점 202호
대표전화	(02) 461-0601
전자우편	marketing@safehouse.kr
홈페이지	safehouse.kr
ISBN	979-11-93024-95-9
1판 1쇄 발행	2025년 4월 4일 발행
1판 3쇄 발행	2025년 9월 4일 발행

ⓒ 김진영, 2025

안전가옥 쇼-트 시리즈

01 심너울 단편집 『땡스 갓, 잇츠 프라이데이』
02 조예은 단편집 『칵테일, 러브, 좀비』
03 한켠 단편집 『까라!』
04 전삼혜 단편집 『위치스 딜리버리』
05 『짝꿍: 듀나×이산화』
06 김여울 경장편 『잘 먹고 잘 싸운다, 캡틴 허니번』
07 설재인 단편집 『사뭇 강편치』
08 김청귤 경장편 『재와 물거품』
09 류연웅 경장편 『근본 없는 월드 클래스』
10 범유진 단편집 『아홉수 가위』
11 『짝꿍: 이두온×서미애』
12 배예람 단편집 『좀비즈 어웨이』
13 하승민 경장편 『당신의 신은 얼마』
14 박에스더 경장편 『영매 소녀』
15 김혜영 단편집 『푸르게 빛나는』
16 김혜영 단편집 『그분이 오신다』
17 강민영 경장편 『전력 질주』
18 김달리 경장편 『밀림의 연인들』
19 전삼혜 단편집 『위치스 파이터즈』
20 강화길 단편집 『안진: 세 번의 봄』
21 유재영 경장편 『당신에게 죽음을』
22 해도연 단편집 『위그드라실의 여신들』
23 가언 단편집 『자네 이름은 산초가 좋겠다』
24 백승화 경장편 『성은이 냥극하옵니다』
25 박문영 경장편 『컬러 필드』
26 이하진 경장편 『마지막 증명』
27 권유수 경장편 『미래 변호사 이난영』
28 청예 경장편 『수빈이가 되고 싶어』
29 권혁일 단편집 『첫사랑의 침공』
30 최해린 경장편 『우리들의 우주열차』

31 김효인 단편집 『사랑은 하트 모양이 아니야』
32 김진영 경장편 『괴물, 용혜』
33 오유경 경장편 『문어 그림자에 루명 쓴 며느리』